Ernst von Wildenbruch

Die Quitzows

Schauspiel in vier Akten

Ernst von Wildenbruch

Die Quitzows
Schauspiel in vier Akten

ISBN/EAN: 9783743643833

Hergestellt in Europa, USA, Kanada, Australien, Japan

Cover: Foto ©Andreas Hilbeck / pixelio.de

Weitere Bücher finden Sie auf **www.hansebooks.com**

Die Quitzows.

Schauspiel in vier Akten

von

Ernst von Wildenbruch.

Vierzehnte Auflage.

Berlin, 1891.

Verlag von Freund & Jeckel.

(Carl Freund.)

─────────────

Robert Schroth, Buchdruckerei, Berlin S.

Personen.

Friedrich I. von Hohenzollern, Burggraf von Nürnberg, Markgraf von Brandenburg.

Kasimir,
Otto, } Herzöge von Pommern-Stettin.

Barbara von Bug, natürliche Tochter König Jagello's von Polen.

Dietrich von Quitzow,
Konrad von Quitzow, sein Bruder,
Lippold von Bredow,
Hans zu Putlitz,
Wichart von Rochow, } Märkische Edelleute.

Peter Grechewitz, Notar der Märkischen Stände.

Wend von Ileburg, Lausitzer Edelmann.

Ein Kaiserlicher Herold.

Johann von Briesen,
Detlev von Schwerin, } Pommersche Edelleute.

Probst Ortwin von Berlin.

Henning Perwenitz, erster Bürgermeister von Berlin.

Grethe, seine Tochter.

Hans Dannewitz, zweiter Bürgermeister von Berlin.

Käthe, seine Tochter.

Henning Stroband, Schmiedemeister und Rathmanne von Berlin.

Rieke, seine Tochter.

Veit Bechelweg,
Albert Rathenow,
Klaus Schultze,
Paul Blankenfeld, } Rathmannen von Berlin.

Thomas Wins, Bürgermeister von Straußberg.

Gertrud, seine Frau.

Agnes, seine Tochter.

Kaspar Riencke,
Heinke Lang, } Rathmannen von Oderberg.

Martin von Linum, Rathskellermeister zu Berlin.

Köhne Finke, Schmiedegeselle.

Dietrich Schwalbe, Bannerträger und Knappe der Quitzows.

Hans Sturz, Wachtmeister
Fritz Delhow,
Peter Stummel, } Stadtsoldaten } von Berlin.

Krodenow, ein Pommerscher Knecht.

Rathmannen anderer märkischer Städte. Bürger und Bürgerinnen von Berlin und Straußberg. Stadtsoldaten von Berlin. Quitzow'sche Knechte, Musikanten.

Ort der Handlung: Akt I: Berlin. Akt II: Straußberg und Berlin. Akt III: Burg Friesack und bei Brandenburg. Akt IV: Berlin und Burg Friesack.

Zum ersten Male aufgeführt am Kgl. Opernhause zu Berlin am 9. November 1888.
Zum hundertsten Male aufgeführt am Kgl. Schauspielhause zu Berlin am 2. Dezember 1890.

Erster Akt.

(Scene: Die Spandauer Straße zu Berlin. Im Hintergrunde der Bühne sieht man das Spandauer Thor, von zwei runden Thürmen eingefaßt; das Thor ist geschlossen. Die Straße ist zu beiden Seiten mit stattlichen Häusern besetzt. Nach dem Vordergrunde zu schneidet von rechts nach links die Georgen= (jetzige Königs=) Straße durch die Spandauer Straße hindurch. Ganz im Vordergrunde rechts das Rathhaus von Berlin mit einer offenen Steinlaube auf die Bühne hinaus.)

Erster Auftritt.

Fritze Belkow (steht auf dem Rundgange des einen Thurmes, nach außen blickend).
Peter Stummel (sitzt auf dem Zinnengange über dem Thor, mit dem Rücken an die Zinnenmauer gelehnt, halb schlafend).

Fritze Belkow (ruft).

Du — Peter Stummel! Na Du — Peter Stummel, Du schläfst wol?

Peter Stummel (fährt auf).

Ne doch, Fritze Belkow — was soll's denn?

Belkow.

Haben denn die Berliner heute ihr Vieh 'rausgeschickt nach'n Wedding?

Stummel.

Ja weeßte, Fritze Belkow, das weeß ich Dir nich zu sagen.

Belkow.

Na denn frag' doch 'mal 'n Wachmeester.

Stummel.

Denn wer ick mal'n Wachmeester fragen. (Ruft.) Wachmeester — he — Wachmeester!

v. Wildenbruch, Die Quitzows.

Zweiter Auftritt.

Hans Sturz (gewaffnet, aber ohne Kopfbedeckung, kommt aus dem Thorthurm rechts).

Hans Sturz.
Was schreist De? Was is los?

Stummel.
Es is man von wegen das Vieh, daß ich fragen wollte.

Hans Sturz.
Was for ein Vieh?

Stummel.
Na das von die Berliner; ob die Berliner heut ausgetrieben haben nach'n Wedding?

Hans Sturz.
Denn müßten ja die Berliner grade solche Ochsen sein, wie Du Eener bist, wenn sie jetzt ihre Ochsen 'rausschickten. Weeßt Du denn nich, daß die Pommern im Land 'rumrabuschern?

Stummel.
Es is ja man bloß von Fritze Belkow wegen, daß ich gefragt gehabt habe.

Hans Sturz.
Na, Fritze Belkow — was is denn los?

Belkow.
Bei'n Wedding, Wachmeester, is was los.

Hans Sturz.
Bei'n Wedding?

Belkow.
Ja, oder so in der Jegend.

Hans Sturz.
Na was denn, zum Schwerenoth?

2

Belkow.

Ein schauderhafter Staub.

Hans Sturz.

Ein Staub?

Belkow.

Und so ein Staub, der kommt doch nich so von alleene; da muß doch was drinstecken in dem Staub.

Hans Sturz.

Da muß was drinstecken, das is wahr. Kannste denn nich sehen, was es is?

Belkow.

Ne, es is schmählich weit ab.

Hans Sturz.

Ob's denn Kriegsvolk is? He?

Belkow.

Ne, wenn ich sagen soll, ich glaub's nich; man sieht keene Fahnen, keene Pferde, keen Geplinkere von Hauben und Schwertern und nischt nich.

Hans Sturz.

Na was glaubst Du denn, daß es is?

Belkow.

Wenn ich sagen soll, es sieht aus, wie wenn sie so in der Jegend hier herum wo ein Dorf ausgepocht hätten, und nu kommen die Dorfleute und möchten in Berlin unterkriechen.

Hans Sturz.

Wo meinst Du denn, daß sie herkommen?

Belkow.

Es kann sein, es kann ooch nich sein, von Bötzow her.

Hans Sturz (ruft zum Thurm hinein).

Na denn bringt mir mal meine Eisen-Tute her, denn werde ich mal gleich zu Herrn Bürgermeister Perwenitz geh'n, der wird schon wissen, was dabei zu thun is. (Ab in den Thor-Thurm).

Dritter Auftritt.

Henning Perwenitz, Hans Dannewitz, Paul Blankenfeld, Albert Rathenow, Klaus Schultze, Veit Sechelweg, Henning Stroband, Kaspar Rieneke, Heinse Lang (kommen aus dem Innern des Rathhauses rechts vorn, bleiben theilweise unter der Laube stehen, treten theilweise auf die Straße).

Perwenitz.

Alles Ding hat seine Zeit, spricht König Salomo, Rath halten und Kopfzerbrechen, Banketten und Kannen stechen — Rath haben wir gehalten; thut mir leid, Ihr Oderberger Herrn, daß nicht mehr für Euch 'rausgekommen ist dabei — laßt's Euch nicht verdrießen, einen Trunk mit uns zu thun, ist so alte Berliner Art.

Rieneke.

Was für 'ne Stadt, Herr Heinse Lang, was für 'ne Stadt ist das Berlin. Was sagt Ihr?

Heinse Lang.

Ich sage, Herr Kaspar Rieneke, es geht noch über Oderberg.

Rieneke (seufzend).

Ja, ja, ja, Oderberg, Herr Heinse Lang?

Lang (seufzend).

Ja, ja, ja, Oderberg, Herr Kaspar Rieneke.

Perwenitz.

Na, vergeßt jetzt Euren Gram, Ihr Herr'n; unser Sanct Martin von Berlin soll Euch einen Trunk vorsetzen, daß Ihr meinen sollt, Dietrich der Quitzow sei ein Pfefferkuchenmann und Jobst, unser Markgraf, ein ehrlicher Kerl.

Rieneke.

Das kriegt er nicht fertig! Jobst ein ehrlicher Kerl, was sagt Ihr, Herr Heinse Lang?

Lang.

Was soll man dazu sagen, Herr Kaspar Rieneke? Aber wer ist denn der Sanct Martin von Berlin?

Perwenitz.

Werdet ihn gleich kennen lernen, — da guckt er schon aus dem Loch.

Vierter Auftritt.

Martin (mit vorgebundenem Leberschurz, kommt aus dem Rathskeller, dessen Eingang sich zur Seite der Laube am Rathhause befindet, zu den Vorigen).

Martin (lüftet die Kappe).

Gott zum Gruß die gestrengen Herr'n; gilt die Ehre mir?

Perwenitz (zu Rieneke).

Seht, Ihr Herr'n, das ist Meister Martin, unsres Rathes Küfer und Kellermeister. Hat einen Keller, seht Ihr, liegt dicht an der Spree und kommt Euch doch kein Tropfen Wasser hinein.

Martin.

Hängt Euer Insiegel an das Wort, Herr Burgemeister, Ihr habt kein wahreres noch gesprochen.

Perwenitz.

Von seinem Keller könnt' ich Euch Dinge erzählen — es hat Leute gegeben, die zu Ostern hinuntergestiegen sind und als sie herauskamen läutete man zu Pfingsten. Meister Martin, nun sollst Du zeigen, was Du kannst: hier sind zwei Herren aus dem Morgenland, von Oderberg, verstehst Du? Wo die Fässer entlang geschwommen kommen mit dem süßen Wein aus Ungarland.

Martin.

Könnt Ihr haben bei mir. Kaiser Siegmund auf der

Burg zu Ofen trinkt keinen besseren. Aber du meine Güte, da stehen die gestrengen Herren sich die Beine in den Leib! (klatscht in die Hände, nach dem Keller gewandt.) He! He! He! Stühle herbei! Bänke und Tische! Sitzen die Gestrengen hier draußen?

Perwenitz.
Hier draußen, das versteht sich.

Fünfter Auftritt.
Knechte (kommen aus dem Keller, bringen Stühle und Tische, stellen sie auf).

Martin.
Und nun laßt uns seh'n, was wir anbieten können — hm — da haben wir einen Meißner? Klar wie Gold?

Perwenitz.
Gieb mir das Gold und behalte den Wein für Dich.

Martin.
Rother Lausitzer?

Perwenitz.
Ist schlecht gerathen dies Jahr.

Martin.
Ein Gubener vom vorigen Jahr? Oder ein Krossener?

Perwenitz.
Pfui Deibel, willst Du damit Staat machen? Etwas Anderes, Meister Martin, etwas Feines!

Martin (zu Perwenitz, leise).
Aber das is nur für Euch, Herr Perwenitz, janz im Ver= trauen: da hinten in der Ecke, wißt Ihr wol, da hab ich noch etwas, aber etwas Feines sag' ich Euch.

Perwenitz.
Na was is es denn?

6

Martin (verdreht die Augen).

Ein Malvasier! Aber daß man die Andren nichts davon hören; der Wein gehört schon Jemandem.

Perwenitz.

Wem denn?

Martin (flüsternd).

Unserm Markgrafen.

Perwenitz.

Dem Jobst?

Martin (wie vorhin).

Ja doch — wie er's letzte Mal hier war in Berlin, hat er ihn gekauft, und sobald wieder Friede im Land is, soll ich ihn ihm nachschicken nach Prag.

Perwenitz (schlägt sich auf das Bein).

Das is 'ne Sache! Hört mal her, Ihr Herren: im Keller unten liegt ein Faß Malvasier für den Jobst! Wir trinken ihm seinen Wein aus! Wer thut mit?

Dannewitz.

Ich bin dabei!

Alle.

Ich auch! Ich auch!

Martin (hält sich beide Ohren zu).

Gestrenge Herr'n! Was soll ich dem Herrn Markgrafen sagen, wenn er seinen Wein haben will?

Perwenitz.

Sag' ihm, die Berliner hätten ihm seinen Wein auf Abschlag ausgetrunken.

Martin.

Auf Abschlag?

Perwenitz.

Womit hat er sich denn seinen Malvasier gekauft? Mit

7

unsrem Geld. Wie lange ist's her? Morgen wird's ein Jahr, als er uns zusammen kommen ließ auf'm hohen Haus in der Klosterstraße, uns von Berlin und die von Kölln und Branden= burg und Frankfurt — wie ein Kalander=Bruder stand er da: „gebt mir Geld, gute Städte, gebt mir Geld" — und wir waren auch so dumm.

Sechelweg.

Fünftausend Schock böhmische Groschen.

Perwenitz.

Fünftausend Schock — Ihr müßt es wissen, Sechelweg, Ihr führt den Beutel der Stadt — und dadrauf versprach er uns was? Daß er die Schlösser mit dem Geld einlösen wollte, die er verpfändet hatte, Köpenick und Saarmund und Bötzow und Trebbin. Und wie er das Geld weg hatte, that er was? Eingesteckt hat er unser Geld in seine hirschlederne Tasche, und nach Prag ist er damit gegangen und hat sich Malvasier gekauft, — und die Schlösser, sind sie eingelöst? Ja Kuchen! Der Quitzow sitzt in Köpenick und Saarmund, wo er saß, und der Rochow in Trebbin, der Holzendorf in Bötzow, und zwicken uns unsere Leute weg — und dadrum sag' ich: her mit dem Jobst seinem Wein!

Dannewitz.

Es ist unser Wein!

Alle.

Her damit!

Martin.

Na, wenn Ihr's auf Eure Kappe nehmen wollt, mir soll's recht sein, mir soll's recht sein. (Ab nach dem Keller.)

Rieneke.

Das sind Männer, die Berliner, Herr Heinse Lang? Das sind Männer?

Lang.

Die lassen sich die Butter nicht vom Brod nehmen, Herr Kaspar Rieneke.

8

Sechster Auftritt.

Hans Sturz (ist inzwischen vom Thore herangekommen und in einiger Entfernung stehen geblieben. Er hat jetzt die Eisenhaube auf dem Kopf).

Dannewitz.

Du, Perwenitz, da ist Einer, der was von Dir will.

Perwenitz (wendet sich).

Das is ja Hans Sturz vom Spandauer Thor! Na?

Sturz.

Mit Verlaub, Herr Burgemeester, da draußen bei'n Wedding is es nich ganz richtig.

Perwenitz.

Was is denn los?

Sturz.

Es läßt sich ein großer Staub bemerkbar machen, und wenn ich meine Meinung anvertrauen darf, denn soll mir der Deibel holen, wenn wir nich die Pommern dichte auf die Näthe haben.

Perwenitz.

Nanu?

Sturz.

Es sieht so aus, als hätten sie Bötzow ausgepocht und nu möchten die Bötzower unterkriechen in Berlin.

Perwenitz.

Denn gehst Du jetzt mal gleich nach dem Neuen Markt, da findest Du die Stadtreiter.

Sturz.

Is jut, Herr Burgemeester.

Perwenitz.

Von denen nimmst Du Dir drei Mann, und dann sitzt Ihr auf und reitet zu Sanct Jürgens Thor hinaus und sehet zu, was los is.

Sturz.

Is jut, Herr Burgemeefter. (Ab nach rechts.)

Perwenitz.

Nu sagt mir, Ihr Herren, was soll man dazu sagen? Da bilden wir uns ein, die Pommern liegen vor Angermünde in der Uckermark, und unterbessen scharmützeln sie uns schon vor den Thoren von Berlin herum!

Dannewitz.

Is nur ein Glück, daß unser Markgraf wenigstens in Sicherheit is, nach Prag werden die Pommern sobald nich kommen.

Sechelweg.

Den würden sie sowieso nicht gestohlen haben, da könnt Ihr sicher sein.

Perwenitz.

Sagt das nich; wenn der Quitzow ihn zwischen die Finger gekriegt hätte, er hätt's mit ihm gemacht, wie mit seinem Landhauptmann, dem Schwarzburger.

Rieneke.

Was hat er denn mit dem gemacht?

Perwenitz.

Wißt Ihr das nich? Wie der Graf von Schwarzburg, den der Jobst zum Landhauptmann der Mark gemacht hat, nach Tangermünde gezogen ist, was thut mein Quitzow? Legt sich bei Fischbeck in den Hinterhalt, dicht an der Elbe, und wie mein Schwarzburger angezogen kommt, so ganz ruhig und Gott-vergnügt, hurr — mein Quitz über ihn her und nimmt ihm all' sein Gepäck und Alles und etwas darüber —

Dannewitz.

So ein verfluchter Kerl! So ein —

Perwenitz.

Eine Teufels=Kröte, das iſt er, der Quitz, das is wahr; aber Schneid hat er im Leibe!

Dannewitz.

Das ſage ich auch.

Sechelweg.

Schneid hat er, das is wahr.

Alle.

Das is wahr.

Perwenitz.

Und nu kommt das beſte: dadrauf alſo geht er zum Jobſt und mit dem Jeld, das er ſeinem eigenen Landhauptmann ab= geknöpft hat, kauft er von ihm Schloß Frieſack.

Dannewitz.

So ein Satansknochen! Hahaha!

Rieneke.

Und der Jobſt?

Perwenitz.

Der Jobſt? Na Ihr wißt doch, wie dem ſein Wahlſpruch is: „Trink' was klar is, iß was gar is, nimm was baar is.“

Alle.

„Nimm was baar is“ — hahaha!

Dannewitz.

So ein Erzlump, wie der Jobſt!

Sechelweg.

So ein Böhmiſcher Schelm!

Siebenter Auftritt.

Martin und **Knechte** (kommen mit Krügen aus dem Keller).

Perwenitz.

Da kommt der Malvasier! Nu 'mal ran, Allesammt, (Alle treten an den Tisch, ergreifen Krüge) wir sind bei Markgraf Jobsten zu Gast, wir wollen ihm Bescheid thun! Ich fange an:

Ein Schnarchen thut man hören
Rings in der Christen=Welt,
Das ist der Jobst von Mähren,
Der schläft auf Brandenburg'schem Geld!

Alle.

Is jut! Is jut!

Dannewitz (erhebt den Krug).

Ich kann nich in Reimen sprechen; also — wie mir der Schnabel gewachsen is: Herr Jobst von Mähren hol' Dich der Deubel neunundneunzigtausendmal!

Alle.

Is jut! Is jut!

Perwenitz.

Und immer noch einmal darüber!

Alle.

Noch einmal darüber! (Alle setzen sich).

Perwenitz.

Aber der Wein is jut, Martin.

Alle.

Der Wein is jut.

Perwenitz.

Wein trinken versteht er, der Jobst, aber ein Land regieren versteht er nicht.

Rieneke.

Das versteht er nicht; was sagt Ihr, Herr Heinse Lang?

Lang.

Was soll man dazu sagen, Herr Kaspar Rieneke?

Sechelweg.

Was hat er den Oberbergern denn eigentlich angethan? Ich hab's vorhin nicht gehört.

Rieneke.

O Du mein — Herr Sechelweg — verpfändet hat er unsre gute Stadt, verpfändet für sechstausend Schock Böhmische Groschen!

Sechelweg.

Verpfändet? Ohne Euch zu fragen?

Rieneke.

Ohne uns zu fragen.

Sechelweg.

An wen denn?

Rieneke.

An Hinko Birken Slawatz von der Duba.

Perwenitz.

Hinko Birken Slawatz von der Duba — da muß man ja Vorspann nehmen, wenn man an's Ende von dem Namen kommen will.

Dannewitz.

Von vorne klingt's wie ein Wende, und von hinten wie ein Böhm'.

Rieneke.

Ist auch so etwas, ein halber Landsmann von dem Jobst, kommt von da unten aus der Lausitz her.

Perwenitz.

Ein Polacke, der Eine wie der Andere!

Rieneke.

Und Oderberg ist eine gute Stadt, eine deutsche Stadt, eine Märkische Stadt, und soll jetzt so Einem gehören!

Perwenitz.

Das kommt davon, wenn der Kaiser so einem verfluchten Slaven die Herrschaft giebt über deutsches Land! Hol' ihn der Teufel, den böhmischen Judas! (Stößt den Krug an.)

Alle.

Hol' ihn der Teufel!

Perwenitz.

Aber der Wein is jut.

Alle.

Ja, ja, der Wein!

Perwenitz.

Daß Gott einen deutschen Mann herschicken möge, der Mark Brandenburg in die Hände nimmt, dadrauf da wollen wir mal anstoßen!

Alle.

Einen deutschen Mann! (Sie stoßen an.)

Perwenitz (schlägt mit der Faust auf den Tisch).

Daß der Donner und die Schwerenoth! Es steht Mathäi am letzten mit der Mark! Was soll man sagen? Die Pommern, seht Ihr, sagen der Mark ab; brechen in's Land, machen Alles kurz und klein. Wir Märkischen Städte stellen ein Heer auf die Beine — kostet uns Berlinern allein —

Sechelweg.

Tag für Tag zweihundert Schock böhmische Groschen.

Perwenitz.

Sechelweg muß es wissen — dadrauf sagen wir dem Jobst: wenn Du selbst nicht aufsitzen willst, so gieb uns wenigstens einen Feldhauptmann; dadrauf giebt er uns wen? Den Johann von Lebus.

Dannewitz.

Den Bischof.

Perwenitz.

Den Bischof, der kaum weiß, ob man rechts oder links auf's Pferd steigt, und der steht nun mit unsren Jungens bei Müncheberg, und unterdeß lassen die Pommern ihn bei Müncheberg stehen und ziehen auf Zehdenick und Liebenwalde, und wenn's Glück gut ist, so haben wir sie morgen vor Berlin! Herr Gott im Himmel, hab' ein Einsehen und gieb uns einen deutschen Mann.

Alle.

Einen deutschen Mann!

Perwenitz.

Einen, der Haare auf den Zähnen und Eisen in der Faust und ein Herz für uns im Leibe hat!

Alle.

Ja, ja!

Perwenitz.

Der uns die Pommern vom Halse schafft!

Sechelweg.

Und die Schloßgesessenen!

Alle.

Ja, ja!

Sechelweg.

Vor Allen den Quitz!

Alle.

Ja, ja!

Perwenitz.

Alles wahr, was Ihr sagt, aber der Quitz hat Schneid.

Sechelweg.

Was nutzt mir das, wenn er ihn nur braucht, um uns zu schinden und zu placken?

Perwenitz.

Er is hell.

Sechelweg.

Was nutzt uns das?

Perwenitz.

Er könnte uns schon nutzen, wenn er nur wollte.

Sechelweg.

Wenn er wollte? Was?

Perwenitz.

Wenn er mit uns thun wollte, statt gegen uns.

Sechelweg.

Wir sollen uns verbinden mit dem Quitzow?

Perwenitz.

Warum denn nicht?

Alle.

Nanu? Nanu?

Dannewitz.

Du hast immer was übrig gehabt für den Quitzow, Henning Perwenitz, das weiß ich wol.

Perwenitz.

Hab' ich auch.

Stroband (schlägt auf den Tisch).

Aber zusammensitzen mit so einem Stegreif=Ritter? Da sag' ich ne!

Perwenitz.

Das is nich wahr, das is der Quitzow nich!

Stroband.

Is er doch!

Perwenitz.

Is er nich! Er hat noch immer ehrlich Frieden abgesagt, ehe daß er anfing.

Stroband.

Und damals hat er keine Fehde mit uns gehabt.

Perwenitz.

Damals?

Stroband.

Na, als er uns das Vieh weggetrieben hat in der Jungfern-
haide, und Ihr mit ihm zusammengerannt seid an der Tegeler
Mühle.

Perwenitz.

Das is nich wahr, er hatte uns abgesagt damals.

Stroband.

Hatte er nich!

Perwenitz.

Hatte er doch!

Dannewitz.

Ja, ja, Henning Stroband, streitet nicht, Perwenitz hat recht.

Die Uebrigen.

Ja, ja.

Perwenitz.

Balthasar von Schlieben war dazumals mit uns und Lippold
von Bredow, und die machten sich zusammen dem Quitzow an
den Leib — aber wie der Deibelskerl mit den Beiden fertig
wurde — Dunnerwetter, ich sage Euch — und seine Knechte,
wie das Alles drauf und dran ging, blos weil sie wußten, der
Quitzow geht vorneweg. Seht Ihr, da sind die Bredow's
und die Stechow's und die Holzendorf's und die Arnim's
und die Treskow's und wie sie Alle heißen, und wenn Ihr
die Alle in einen Sack steckt und auf eine Wage legt und auf
die andre den Quitzow janz allein, ich sage Euch, er wiegt
schwerer, wie die Andern alle zusammen.

Stroband.

Ja, das glaube ich wohl, von dem, was er sich zusammenge-
raubt und gestohlen hat!

Dannewitz.

Ne ne, Henning Stroband, das müßt Ihr nich sagen.

Alle.

Ne ne.

Stroband.

Das muß ich nich sagen? Und wo steckt er denn jetzt wieder, Euer Quitzow? Bei unsren Feinden drüben, denen er die Mark klein machen hilft, bei den Pommern!

Perwenitz.

Es is schlimm genug, es is wahr; aber da könnt Ihr eben sehn, was für ein Kerl es is: so lange der Quitzow ihnen nich geholfen hat, sind die Pommern nich einen Schritt vorwärts gekommen, und wie er Hand mit angelegt hat, haste nich gesehn, sind sie vorwärts gerückt.

Stroband.

Und ich sage, wenn man ihn fängt, sollte man ihn hängen!

Perwenitz.

Und ich sage, wir sollten Alles dransetzen, daß wir ihn auf unsere Seite kriegten, und ich sage, der Quitzow sollte Feldhauptmann sein von der Mark!

(Alle sehen sich stumm erstaunt an.)

Perwenitz.

Wer sind denn unsere Landhauptleute gewesen bis heutigen Tags? Der Markgraf von Meißen, Nummer eins, dann der Mecklenburger, badrauf Lippold von Bredow, der Schwarzburger und jetzt Johann von Lebus, und was haben sie der Mark genutzt? Nischt und wieder nischt!

Sechelweg.

Weil sie sich vor den Schloßgesessenen gefürchtet haben, Alle miteinander.

Perweniß.

Is richtig; darum brauchen wir 'nen Mann, der ſich vor ihnen nich fürchtet, und das iſt der Quiß.

Stroband.

Der Quißow is ſelber ein Schloßgeſeſſener, und die Schloß= geſeſſenen ſind Deibels!

Perweniß.

Denn muß man ſie austreiben mit dem Oberſten der Deibels, mit dem Beelzebub, und das iſt der Quißow.

Stroband.

Die Dörfer pochen ſie aus, die Häuſer ſtecken ſie in Brand, die Menſchen treiben ſie aus, die Erndten zertrampeln ſie mit ihren Pferden — Herr Gott im Himmel, was ſoll werden aus uns? Die Mark verhungert!

Perweniß.

Die Mark hungert nach einem Mann!

Stroband.

Das is leicht geſagt.

Perweniß.

Ich habe Euch meinen genannt.

Sechelweg.

Aber der Mann, den wir brauchen, müßte an die allge= meine Sache denken. Glaubt Ihr denn im Ernſt, Perweniß, daß der Quißow ein Herz haben wird für das Land?

Perweniß.

Sechelweg, ich habe den Quißow nich gemacht, ich kann nich wiſſen, wie es bei ihm drinnen ausſieht. Aber was mir Augen und Ohren über ihn geſagt haben, is das: er is ein Held in der Schlacht: alle ſeine Leute laſſen ſich in Stücke hauen für ihn; er hat Gedanken im Kopf, die nicht an der Erde kriechen, und was er spricht, hat Hand und Fuß. Und kurz und gut, der große Apotheker da oben im Himmel hat ihn zusammengebraut aus Latwergen, aus denen die Männer gemacht werden, die ganzen Männer; und wo ein ganzer Mann is, da kann alles draus werden, alles Schlimme, das is wahr, aber auch alles Gute, und das is auch wahr, und das is meine Meinung.

Dannewitz.

Da is viel Wahres dran; es läßt sich überlegen.

Alle.

Es läßt sich überlegen.

(Pause.)

Fritze Belkow
(auf dem Schloßthurm, laut rufend).

Herr Burgemeester! Herr Burgemeester!

Perwenitz.

Was soll's denn?

Belkow.

Da drüben über'n Graben steht ein Kerl.

Perwenitz.

Was will er denn?

Stummel.

Rin nach Berlin will er, Herr Burgemeester.

Perwenitz.

Na, denn laßt ihn doch 'rein.

Stummel.

Ja, aber mit Verlaub, Herr Burgemeester, der Wachmeester hat doch verboten, daß wir Niemand nich rinlassen sollen.

Perwenitz.

Schaafskopp, wenn's der Burgemeister erlaubt, wird der Wachmeister wohl nischt dawider haben.

20

Erster Akt.

Stummel.

Ja, Herr Burgemeester, denn wird et wohl so sind — wat meenst Du, Fritze Belkow?

Belkow.

Mach' doch man, daß Du runter kommst und aufschließt.

Stummel.

Na denn werde ick man machen und ufschließen. (Verschwindet oben in der Thurmpforte, kommt gleich darauf mit einem großen Schlüsselbunde unten aus dem Thurm, geht an's Thor, schließt auf.)

Achter Auftritt.

Köhne Finke (in Handwerksburschentracht, aber etwas phantastisch aufgeputzt, eine kleine Fibel umgehängt, erscheint im Thor).

Köhne Finke
(ist eingetreten, bleibt stehen, sieht sich um, lüftet das Barett).

Juten Mörgen, Berlin! (Kommt langsam nach vorn.) Herrjott, Du hast Dir aber nich ein bißken verändert?

Perwenitz (zu den Uebrigen).

Wer is denn der verdrehte Kerl?

Stroband.

Schlag' mich — is das nich Köhne Finke? Mein Gesell von vor'm Jahr?

Finke.

Is mich eine große Ehre, Herr Henning Stroband, daß Ihr mich wiederkennen·thut — derselbigte bin ich.

Perwenitz.

Ein Schmiedegeselle?

Finke.

Er führt ein Hämmerken auf seiner Hand, sie heißen ihn Köhne Finken.

21

Dannewitz.

Köhne Finke, der verdrehte Kerl?

Finke.

Aufzuwarten, Herr Hans Dannewitz, mit drei Schubladen voll Hochachtung.

Stroband.

Dein loses Maul hast Du Dir nich abgewöhnt das Jahr über, wie mir scheint.

Finke.

Herr Henning Stroband, da müßt Ihr Euch bei unserm Herrjott beschweren — er hat den Finken nu einmal den Schnabel gegeben, damit daß sie pfeifen.

Perwenitz (schlägt ihn auf die Schulter).

So einen möchte ich im Vogelbauer haben; Du bist von der Art, scheint mir, die's ganze Jahr singt.

Finke.

Aufzuwarten, Herr Burgemeester, wenn's Bier gerathen is, singe ich och im Winter.

Perwenitz.

Und was willst Du nu in Berlin?

Finke.

Jut Biereken mag er wohl trinken.

Perwenitz.

Einen Krug Bier? Weiter nichts?

Finke.

Wenn's Euch zu wenig scheint, Herr Burgemeester, och deren zwei.

Perwenitz.

Meister Martin, ein neuer Gast für Dich.

Martin (kratzt sich hinterm Ohr).

Zwei Krug Bier für so Einen —? Wenn ich man wüßte, ob er mir einen bezahlt?

Finke (kratzt sich ebenso).

Zwei Krug Bier von so Einem? Wenn ick man wüßte, ob mir eener davon jut genung is.

Martin.

Du Bummel=Ratze, machst Du mir mein Bier schlecht?

Finke.

Du Keller=Gemüse —

Perwenitz.

Na, laßt das Geschimpfe — der ist braußen gewesen, der kann uns was erzählen. Meister Martin, einen Krug Bier für ihn. Köhne Finke, kannst Dich zu uns setzen mit Deinem Bier.

Finke (setzt sich).

Is mich eine große Ehre, Herr Burgemeester.

Stroband.

Ja, ein ausgetragener Junge, das bist Du.

Finke.

Herr Henning Stroband, wenn ick das nich wäre, denn fiele ick ja heute noch meiner Mutter zur Last — und ick falle niemandem jerne zur Last — ick denke, Ihr wißt das aus Erfahrung.

Perwenitz.

Was meint er denn damit, Stroband?

Stroband.

I nu, bis vor 'nem Jahr war er Geselle bei mir.

Perwenitz.

Und wo bist Du dann hingegangen?

Finke.

Nach Bötzow, Herr Burgemeester, zu Meister Balzer.

Perwenitz.

Warum denn?

Finke.

Weil der keene Tochter hat.

Stroband.

Halt's Maul!

Finke.

Wenn ich was zu trinken hätte, wollt' ich mein Maul zu was Bess'res gebrauchen, als zum Reden.

Martin (setzt einen Krug vor ihn).

Da — sauf!

Stroband.

Und was haste denn bei Meister Balzer in Bötzow ge=macht? Gearbeitet doch nicht?

Finke.

Was werd' ich gemacht haben? Ich habe zugehört, was die Spatzen singen und die Füchse sich erzählen.

Perwenitz.

Was singen denn die Spatzen?

Finke.

Die singen so:

> Herr Jobst, Herr Jobst,
> Gieb unsern Kindern Obst;
> Hast Brandenburg aufgefressen,
> Nich Stumpf noch Stiel vergessen,
> Laß Aeppel und Birnen hangen,
> Sonst müssen wir betteln gangen.

Alle.

Das is jut! Das is jut!

Perwenitz.

Und was erzählen sich die Füchse?

Finke.

Die jeben sich Räthsel auf zum rathen:
Schlau wie ein Fuchs —
Zierig wie ein Luchs —
Dickhäutig gleich 'nem Bären —
Wer ist das?

Alle (jubelnd).

Jobst von Mähren!

Perwenitz.

Junge, Du hast Schneid, und wie stehts denn mit Bötzow?

Finke.

Da steht überhaupt nischt mehr, Bötzow is alle.

Perwenitz.

Also ausgepocht? Is es wahr?

Finke.

Ausgepocht, ausgeräuchert — die Bötzower haben das
nackte Leben unter bie Arme genommen und sind ausgerückt —
jetzt liegen sie draußen bei'n Wedding.

Perwenitz.

Also es stimmt.

Dannewitz.

Wo sind die Pommern jetzt?

Finke.

Die Pommern liegen mit Dietrichen Quitzow vor Straußberg.

Perwenitz.

Vor Straußberg?

Finke.

Ja, aber heute liegen sie vielleicht schon drin.

Sechelweg.

Woher weißt Du denn das Alles?

Finke.

Herr Sechelweg, wie's mit Bötzow Essig gewesen is, hab' ick mir uf Schusters Rappen gesetzt und bin ausgerückt. Hab' ich so bei mir in meine dumme Gedanken gedacht, wirst mal nach'n Barnim gehen, mußt doch mal zusehn, wo die pommerschen Spickgänse eingefallen sind. Komme ich also durch die Wan= delitzer Forst über Bernau an den Strauß=See, und wie ick mir so Straußberg aus die Ferne ansehen thue, haste nich geseh'n, sind zwei solche Pommersche Schwuchtlümmel über mir her und legen mir ein Halsband an und laden mich mit Rippenstößen ein, in ihr Lager zu kommen. Da stehen nu die beiden Stettiner Herzöge in die Thüre von ihrem Zelt und fragen: „was is los mit dem Kerl?" Dadrauf schreien Alle: „es is ein Spion! und er muß baumeln!" Und damit so führen sie mir auch jleich an einen Baum und wollen mir ufknüppern. So sag' ick: „aber Männekens, sag' ick, wat soll ich denn an dem Baum? Ich bin doch keene Laterne nich?" Und nu, seht Ihr, steht bei den Stettiner Herzögen noch Einer, ein Kerl wie den Riesen Goliath sein Mastbaum; und wie der das hört, so lacht er und sagt: „Das muß ein Berliner sein, so'ne Schnauze hat nur ein Berliner." Und „bringt ihn mir mal her" sagt er. Dadrauf so schreien die Pommern alle „ne! ne!" und wollen mir eben ufschwenken. Und damit in den Augen= blick is der Betreffende heran und quatsch, quatsch, haut er den beiden Pommern, die mich am Schlaffittig haben, ein paar Backpfeifen, daß es man so summt und sagt: „ich will Euch lehren gehorchen, sagt er, wenn der Quitzow was befiehlt."

Perwenitz.

Das war der Quitzow?

Alle.

Der Quitzow?

Finke.

Dieſer ſelbigte; und was die grünen Herzöge ſind, die wurden nu vor Wuth janz jrasgrün und fahren auf den Quitzow los und ſchreien: „das ſind unſere Leute!" und ſo fuckt der Quitzow ſie an ſo von oben runter, verſteht Ihr, drei Stock hoch und dabermit legt er mir die Hand auf die Schulter und ſagt: „und der hier gehört mir!" Und damit ſo dreht er mir uf'n Abſatz 'rum wie einen Kreiſel und ſagt: „hier kommſte lang" und führt mir zu ſeinem Zelt.

Perwenitz.

Die jrünen Herzöge? Wer is denn das?

Finke.

Na die Stettiner, der Otto und der Kaſimir, und weil's doch ein paar janz grüne Jungen ſind.

Perwenitz.

Dann ſcheint's aber mit der Freundſchaft zwiſchen den Pommern und dem Quitzow nicht weit her zu ſein?

Finke.

Herr Burgemeeſter, wenn die Freundſchaft 'ne Brücke is, denn jehe ick nich darüber. Man ſagt, es ſteckt eine Frau dahinter.

Alle.

Wieſo? Wieſo?

Finke.

Da is nämlich ein Weibsbild mit den Stettinern, eine Polniſche.

Dannewitz.

Eine Polniſche?

Finke.

Ja, die Einen ſagen, eine Tochter, die Andren, eine Bruders= tochter von König Jagello'n von Polen, und die ſoll mit dem Einen von den Stettinern verſprochen ſein, ick weeß nich, ob

mit dem Otto oder dem Kasimir, und nu is das ein janz
merkwürdiges Besteck, wie sie sagen, die zu Pferde reitet und
uf die Jagd geht, und wie der Krieg losgegangen hat, is sie
mit ausgerückt, sagen sie, um zu sehen, ob ihr Zukünftiger och
ein janzer Kerl is.

Perwenitz.

Nu hör' so was an.

Finke.

Und bei die Gelegenheit hat sie nu den Quitzow kennen
gelernt und der hat ihr schmählich in die Augen gestochen, sagen
sie, weil's doch ein janz anderer Haufen is, als die beiden
Stettiner zusammengenommen, und das hat ihr Zukünftiger
gerochen, und nu meine ick so in meine dumme Gedanken: nu
hält die Geschichte noch zusammen bis daß sie Straußberg
haben, und denn aber is es mit die Freundschafts-Knüpperei Essig.

Perwenitz.

Seht Ihr wol! Seht Ihr wol! Nu aber mal weiter; was
hat er denn von Dir gewollt in seinem Zelt?

Finke.

Ja, wie wir nu in seinem Zelt gekommen sind, da is er
erst eine janze Weile so uf und abgegangen und hat nischt nich
geredt. Dadrauf so bleibt er plötzlich vor mir stehen und
luckt mir an, daß ich denke, nu frißt er dir uf! Denn ein paar
Augen hat der in' Kopp — Hurredibu! Und denn fragt er:
„Een Berliner bist Du?" So sag' ick: „aufzuwarten, am Möllen-
damm in Sankt Niklas jeboren." Dadrauf grunzt er so was
vor sich hin und denn sagt er: „eigentlich, sagt er, bin ich
schlecht zu sprechen auf die Berliner, es is eine jroßschnäuzige
Gesellschaft."

Stroband.

Seht Ihr wol? Was hab' ich gesagt?

Finke.

„Aber," sagt er „sie haben Schneid" —

28

Erster Akt.

Perwenitz.

Seht Ihr wol?

Finke.

„Und von Allen, die hinter Stadtmauern sitzen, sagt er, sind die Berliner mir noch die liebsten.“

Perwenitz.

Aha! Aha!

Finke.

„Und da drin in Berlin, sagt er, hab' ich eenen Bruder von mir, und weil ich doch nu in der Fehde bin mit den Berlinern, wär's mir verdeibelt nich lieb, wenn dem was geschähe von den Berlinern.“

Stroband.

Kiekste da 'raus?

Dannewitz.

Ein Bruder von dem Quitzow bei uns?

Perwenitz.

So is es, allerdings. Dietrichen sein junger Bruder, Konrad Quitzow. Bei Probst Ortwin is er in der Dom-Schule.

Stroband (springt auf).

In den Thurm damit! Dann haben wir eine Geißel in Händen!

Perwenitz.

Wartet ab, Henning Stroband.

Alle.

Abwarten!

Stroband (setzt sich).

Abwarten und immer abwarten.

Perwenitz.

Weiter, Köhne Finke.

Finke.

„Denn wenn ihm was zu Leide geschähe, sagt er, hol
mir der Deibel, ich zünde Berlin an allen vier Ecken an!"

Stroband.

In die Spree mit den Quitzows!

Perwenitz.

Abwarten.

Alle.

Abwarten.

Finke.

„Umgekehrt im entgegengesetzten Fall" sagt er —

Perwenitz.

Was, im entgegengesetzten Fall? Was?

Finke.

Ja, wie er das gesagt hat, is er wieder stehen geblieben
und hat mir angekuckt und gefragt „bist Du ein Schlaukopp?
sagt er, oder ein Hammel?" „Na", sag' ick, „soviel mir be=
kannt is, bin ick zweibeinig auf die Welt gekommen". Dadrauf
so lacht er und sagt: „Die Pommerschen Jungen sind mir zu
jrün", sagt er, „und wenn die Berliner vernünftig sein wollten,
dann ließe sich am Ende was zusammenfingern, daß die Pommern
mit'n gekerbten Rücken nach Haus kämen".

Perwenitz.

Das hat er gesagt?

Dannewitz.

Das hat er gesagt?

Finke.

Dieses selbige hat er gesagt, und dann hat er einen Brief
aus die Tasche geholt und gesagt: „Getraust Du Dir, den
hier an Probst Ortwin in Berlin zu besorgen?"

Erster Akt.

Strobanb.

Was is das? Probst Ortwin steht mit den Quitzows im Bund?

Perwenitz.

Na was soll's? Das weiß doch jedes Kind, daß sie Freunde sind von Alters her.

Strobanb.

So ein verfluchter Pfaffe!

Perwenitz.

Das will ich nich hören! Probst Ortwin is ein ehrlicher Mann.

Dannewitz.

Ein janzer tüchtiger Mann!

Strobanb (steht auf).

Na, wenn es so steht, denn bin ich hier wol nich weiter nöthig. (Zu Köhne Finke.) Und was Dich betrifft, sieh mal an, Köhne Finke, Du machst ja Fortschritte; vor'm Jahr hast Du bloß Mädchen den Kopf verdreht, jetzt schwatz'st Du Bürger= meister und Rathmannen um den Verstand —

Finke.

Herr Henning Strobanb, mit alle schuldige Hochachtung, aber was Ihr da sagt, is nich an dem. Ick habe meinen Schnabel jebraucht, wie Jott ihn mir gegeben hat, for mir selbst, aber nie nich, um einen Menschen zu beschwatzen; und wenn sich mal ein Mädchenkopf nach mir umgedreht hat, denn hab' ick freilich nich gesagt: kuck' weg, das is wahr, denn jiftig bin ich nich und ein Mädchen kriegt nich gleich die Miselsucht, wenn sie mir ansieht.

Strobanb.

Sei Du man stille, Du kannst's noch zu was bringen, weiter sage ich nichts; nu will ick man wünschen, daß Du's einmal zum Meister bringst in Deinem Leben.

Finke.

Daß ick nur ein Schmiedegeselle bin und keen Meister, das weeß ick; und daß ick en armer Deibel bin, das weeß ick ooch — aber, Herr Henning Stroband, ein armer Kerl is darum noch kein schlechter Kerl.

Alle.

Das is wahr.

Stroband.

Es is jut, sage ich, es is jut. (Ab nach rechts.)

Perwenitz.

Und nu genug mit dem Geträtsch. Köhne Finke, haste den Brief bei Dir für Probst Ortwin?

Finke (zieht einen Brief aus der Brusttasche).

Ja — aber ick weeß nich —

Perwenitz (nimmt ihm den Brief ab).

Zieh her, sag' ich, er soll besorgt werden, Probst Ortwin zu Händen, ich selber übernehme es.

Finke.

Is jut, Herr Burgemeester, aber ich hab's dem Quitzow versprechen müssen auf Treu' und Glauben, daß ich ihm Bescheid bringen soll.

Perwenitz.

Du sollst den Bescheid bekommen, kannst so lange hier warten und Dich mit Meister Martin sein Bier unterhalten.

Finke.

Is jut, Herr Burgemeester.

Perwenitz.

Und nu, Rathmannen, wer kommt mit zu Probst Ortwin?
(Tiefe Stille.)
Na? Keiner?

Sechelweg.

Zu Probst Ortwin? Das heißt zu dem Quitzow.

Perwenitz.

Na benn ja, zu dem Quitzow und gegen die Pommern?

Dannewitz.

Henning Perwenitz, hol' mich der Deibel, ich gehe mit!

Sechelweg.

Wenn Ihr so meint, Hans Dannewitz —

Alle.

Wir gehen mit, wir gehen mit!

Perwenitz.

Das is ein Wort, gebt mir die Hände! (Sie schütteln sich die Hände.) Unser Kaiser läßt uns im Stich, unser Markgraf des-gleichen, wir haben bald nischt mehr als die Glieder an unsrem Leibe; hilft uns niemand, woll'n wir uns selber helfen und die Karre in die eigene Hand nehmen; und wenn die Mark bis über die Ohren ringefahren is, schlag' mich der Donner, wir holen sie wieder 'raus; das sage ich; Henning Perwenitz, Burge-meister von Berlin, und Berlin allemal vornevoran, wenn's gilt!

Dannewitz.

Berlin vornevoran!

Alle.

Vornevoran!

(Alle außer Martin und Köhne Finke ab in's Rathhaus rechts.)

Finke (schlägt auf den Tisch).

Und nu noch einen Krug alten Klaus für Köhne Finken!

Martin.

Na, weißt Du, wenn Du Dir nu noch lange hier mausig machst, dann sollste bald was andres zu sehen bekommen, als Bier.

Finke.

Herr Burgemeeſter hat mir befohlen, hier zu warten.

Martin.

Daß Du Dir nur nich mal verrechneſt.

Finke.

Ne, ohne Sorge, will ſchon Obacht jeben.

(Martin ab in ben Keller.)

Neunter Auftritt.

Käthe Dannewitz (kommt von rechts, bleibt an der Straßen-Ecke ſtehen, zu Köhne Finke hinüberſpähend, dann winkt ſie nach rechts und ruft halblaut).

Käthe.

Du, Grethe, Grethe, komm doch blos mal her, ſieh doch, wer da gekommen is!

Zehnter Auftritt.

Grethe Perwenitz (von rechts zu den Vorigen).

Grethe (flüſternd).

Ja — is das nicht Köhne Finke?

Finke (für ſich).

Nu wird's gut, da kommen die Mädchen an.

Elfter Auftritt.

Ein Knecht (kommt aus dem Keller, ſetzt einen Krug vor Köhne Finke). **Andere Mädchen** (kommen zu den Vorigen und bleiben mit ihnen ſtehen).

Knecht.

Den ſchickt Meeſter Martin. (Ab.)

34

Finke.

Und den trinkt Köhne Finke. (Hebt den Krug, schielt über denselben zu den Mädchen hinüber.) Sie is ja nich bamang — was jehen mich denn die dummen Liesen an. (Dreht sich von ihnen ab.)

Grethe (halblaut).

Wenn ich man blos wüßte, ob er's wirklich is?

Käthe (ebenso).

Wer soll's denn sonst sein? Den Bart hat er sich ein bischen wachsen lassen.

(Die Mädchen fassen sich Arm in Arm und gehen im Hintergrunde der Bühne auf und ab, Köhne Finke beobachtend.)

Käthe (wie oben).

Ich werde ihn mal' 'rauslocken, gieb Acht. (Laut.) Von Köhne Finke sprecht Ihr? Ach, der is ja in die weite Welt gegangen, der kommt nich wieder.

Grethe (laut).

Was soll denn der auch in Berlin? Meister wird er ja doch nie, kann also auch kein ordentliches Mädchen nich heimführen.

Finke (für sich).

I — du Kröte du!

Käthe (laut).

Der is ein Vagabund geworden, der wird im Leben kein ordentlicher Mann.

Finke
(singt laut, ohne die Mädchen dabei anzusehen).

Meine Mutter hat die Gänse abgerupft,
    Gänse abgerupft,
Nackigt sind sie in der Stube rumgehupft,
    Stube rumgehupft,
    Hupp — Hupp.

(Die Mädchen stoßen sich kichernd an.)

3*

35

Käthe (laut).

Früher, wie er noch in Berlin war, da konnte er singen, das war noch das einzige Gute an ihm.

Grethe (laut).

Das soll er nu aber auch ganz verlernt haben, habe ich mir sagen lassen.

Käthe (blickt nach rechts).

Da kommt Rieke Stroband.

Finke (fährt auf; für sich).

Donner — nu muß ich fort! Aber ich soll ja den Burge= meester hier abwarten — hol's der Deibel! (Sinkt auf den Stuhl zurück, wendet sich ganz von den Mädchen ab.)

Zwölfter Auftritt.

Rieke Stroband (kommt von rechts; die Mädchen gehen ihr entgegen).

Käthe.

Du, Rieke, wir sprechen eben von Köhne Finken.

Rieke (bleibt betroffen stehen).

Von — Köhne Finken!

Grethe
(stößt sie an, zeigt auf Köhne Finke, leise).

Kuck' doch mal den an.

Rieke.

Ach, Du mein Herr und Heiland! Kinder, laßt mich fort! (Will gehen.)

Käthe (hält sie fest, leise).

Bleib' doch man, er will's ja nich Wort haben, daß er's is. (Sie unterhalten sich flüsternd.)

Finke (für sich).

Um bucklig zu werden is das! Da soll man hier sitzen und

keen Wort zu dem Mädchen reden dürfen und das Mädchen nicht mal anſehen dürfen, und dabei möchte man jleich anbeißen und das janze Ding auffreſſen mit Haut und Haar!

Rieke (laut).

Was Ihr Euch denkt. Gar nichts frage ich dem nach, gar nichts.

Finke (für ſich).

Kommſt Du mir ſo? Na warte! (Nimmt die Fiebel, ſingt laut).
„Unter'm Machandelbaum
    Da iſt ein Platz —
Suſala — Duſala —
    Da ſitzt mein Schatz.
Sitzt auf dem grünen Gras,
    Sitzt auf dem grünen Klee,
Haſt ja die Augen naß?
    Biſt ja wie Milch und Schnee?
Suſala — Duſala —
    Wo thuts denn weh?
Kommſt Du ſo ſpät zurück?
    Nun iſt's zu ſpät für's Glück.
Kenne Dich gar nicht mehr,
    Mir iſt das Herz verquer,
Suſala — Duſala —
    Wollt', todt ich wär'!
Schwarz iſt das Grabeloch,
    Leb' doch ein Weilchen noch;
Wart' noch bis Sanct Kathrein,
    Da will ich um Dich frei'n,
Wart' noch bis Sanct Martein,
    Da ſoll die Hochzeit ſein —
Suſala — Duſala —
    Gieb Dich darein."

Käthe (jauchzend).

Da ſoll die Hochzeit ſein, Rieke!

Grethe.

Gieb Dich darein, Rieke!

Käthe.

Bis Sanct Martein mußt Du noch warten, Rieke!

Grethe.

Is ja nich mehr lange hin!

Alle Mädchen (jubelnd sie umbrängend).

Zu Sanct Martein is Hochzeit!

Rieke (reißt sich von ihnen los).

Laßt mich gehen, sag' ich (Tritt zu Finke heran). Und so Einer bist Du also jetzt, daß Du ein ehrliches Mädchen in Schimpf und Schande bringst?

Finke (springt auf).

Herr Du meine Jüte — Jungfer Rieke, seid Ihr das?

Rieke.

So? Nu thust Du noch, als hättest Du mich vorhin nich geseh'n? Und dabei singst Du schändliche Lieder auf mich? So? (Sie bricht in Thränen aus.)

Käthe.

Aber Rieke, so sei doch nich so.

Rieke (setzt sich schluchzend an den Tisch).

Das — is schändlich — und Ihr sollt mich geh'n lassen, sag' ich. (Legt den Kopf auf den Tisch.)

Grethe (zu den Uebrigen).

Kommt doch man fort, mit der is ja nichts anzufangen jetzt.

Käthe.

Ne, wenn die einmal ihren Kopf aufsetzt —

Alle.

Kommt man, kommt man.

(Die Mädchen Arm in Arm, sich kichernd umblickend, links ab).

Finke (steht am Tische, auf Rieke blickend).

Aber Jungfer Rieke —

Rieke.

Kein Wort redst Du mehr zu mir! Mit uns is es aus!

Finke.

Das habt Ihr mir ja schon vorhin zu verstehen gegeben.

Rieke (hebt das Haupt).

Ich Dir? Was so einer sich einbildet! Gar nich Acht hab' ich auf Dich gegeben.

Finke.

Na eben drum. „Dem frage ich gar nich nach" — Hm?

Rieke.

Und dann so ein schändliches Lied auf mich zu singen!

Finke.

Wenn's Euch nich gefällt, thut mir's leid; was so schändlich dran sein soll, verstehe ich nich.

Rieke.

Mich vor allen Denen seinen Schatz zu nennen!

Finke.

Kommt denn Euer Name in dem Lied vor? Wer sagt Euch denn, daß es auf Euch geht?

Rieke.

Als ob das nich Alle gleich gesagt hätten!

Finke.

Wer wird denn hinhören, wenn die Gänse schnattern?

Rieke (steht auf).

Damit daß Du's aber nur weißt; wenn Dich jemand fragt: ich bin's nich, die bis Sanct Martein wartet.

Finke.

Ne, Jungfer, das habt Ihr mir ja schon gesagt.

Rieke.

Und ich sitze nich unter'm Baum und für mich is es gar nich zu spät mit dem Glück, denn wenn ich will, kriege ich Männer, soviel ich will.

Finke.

Das globe ich Euch, Jungfer.

Rieke.

Ordentliche Männer, Bürgerssöhne, Söhne von Meistern, und keinen — keinen Landstreicher.

Finke.

Iratulire im Voraus, Jungfer Strobanb.

Rieke.

Und nun bächt' ich, Du gingst Deine Wege.

Finke.

Wollte schon, muß aber den Herrn Burgemeester hier abwarten.

Rieke.

Dann werde ich gehen, denn wenn man mich mit — so Einem sähe — das wäre mir ja eine Schande.

Finke.

So?! Na dann jeht man, in Jottes Namen! (Dreht ihr den Rücken zu.)

Rieke.

Das will ich auch. (Geht langsam bis an die Straßenecke links, bleibt dort stehen.) Na — nu — gehe ich.

Finke (ohne sich umzusehen).

Immerzu.

(Pause.)

Rieke.

Aber — man sagt doch 'nem Menschen abjes?

Finke (wie oben).

Ihr werdet Euch ja wol nich verlaufen in Berlin.
(Pause.)

Rieke (zögernd).

Wo bist Du denn eigentlich das ganze Jahr lang gewesen?
(Pause. Sie kommt zwei Schritte zurück.) Du — hörst wohl gar nicht mehr?

Finke (ohne sich umzusehen).

Ich denke, Ihr seid längst fort?

Rieke (dreht sich kurz um).

So'n Grobian!

Finke (ohne sich umzusehen).

Wo ich gewesen bin? Da, wo ich wieder hingehe: in die
weite Welt.

Rieke.

Da gehst Du wieder hin?

Finke.

Ja.

Rieke.

Warum denn?

Finke.

Weil ich mir hier in Berlin nicht mehr zurecht finde.

Rieke.

Is Dir Berlin denn so zuwider geworden?

Finke.

Ja.

Rieke.

Und — da is nichts in Berlin — und Niemand —?

Finke.

Ne!

Rieke.

So ein schlechter Mensch bist Du geworden?

Finke.

Nu wird's mir aber zu arg! (Wendet sich.) Weil ich ein ehrlicher Kerl bin! Dadrum is es, daß ich gehe, damit daß Ihr es wißt, Jungfer!

Rieke (leise).

Wie denn so?

Finke.

Weil ich mir nich von gewissen stolzen Herren will sagen lassen, daß ich den Mädchen den Kopf verdrehe! Weil ich weiß, daß for 'nen armen Schmiedegesellen die Schmiedemeisterstöchter nich gewachsen sind, und weil ich weiß, daß wenn ein armer Deibel nach einem reichen Mädel ein Herz faßt, alle Welt schreit: „des is ein Dieb!" und weil ich kein Dieb nich bin, Jungfer Rieke, sondern ein ehrlicher Kerl — und kein Landstreicher nich — sondern — na, und nu habt Ihr's gehört und nu wißt Ihr's und nu jetzt — jetzt.

(Pause.)

Rieke.

Du — Köhne Finke? Warum nennst Du mich denn nich mehr Du?

Finke.

Weil ich's Meister Stroband seine Tochter nich zumuthen will, daß sie sich mit einem Landstreicher duzt.

Rieke.

Dann darf ich Dich doch aber auch nich mehr Du nennen?

Finke.

Wäre auch schon das beste; denn wo zwei Wege sich scheiden, da steht ein Wegweiser, der sagt „auseinander".

Rieke.

Muß denn das so sein?

Finke.

Ich denke, Ihr wißt es noch besser als ich.

Rieke (bricht in Thränen aus).

Köhne — is denn das Alles Dein Ernst?

Finke.

Rieke — Jott steh mir bei — Rieke! (Breitet die Arme aus, sie sinkt an seine Brust.)

Rieke.

Hast Du denn keine Ahnung, wie ich nach Dir geangt und gebangt habe das ganze Jahr?

Finke.

Das hast Du gethan?

Rieke.

Bist Du mir denn nich ein bischen mehr gut?

Finke.

Riekchen, wenn ich Dir nich jut wäre, würde mir das Herz denn so in Stücke geh'n, jetzt, wo ich Dich lassen soll? (Wischt sich die Augen.) Siehste, die Menschen denken, weil ich so'n bisken vorneweg bin mit's Mundwerk, bei mir im Herzkasten drin wär' Alles immer fidel — glaub's nich — es is so duster da drin, daß Du nich die Hand vor Augen sehen würdest. Jestern, siehste, haben mich die Pommern an einen Baum ufhängen wollen —

Rieke (umschlingt ihn).

Hängen haben Sie Dich wollen?

Finke.

In die Gegend von Straußberg war's — und wie ich nu schon die Strippe um'n Hals hatte, was doch gar nich sehr angenehm zu sein pflegt, siehste, da hab' ich so bei mir gedacht:

Rieke Stroband kriegste ja doch nich, also wozu soll das dumme
Zeug von Leben noch, und janz zufrieden bin ich gewesen.

Rieke (an seinem Halse).

Köhne, mein armer guter Köhne!

Finke (küßt sie).

Mein Putthüneken —

Rieke.

Und es soll keine Möglichkeit sein, daß wir uns kriegen?

Finke.

Rieke, ick habe die Hoffnung festgehalten, so lange noch ein
Zipfel zu sehen war — nu is es damit aus! Wie Dein Vater
mir den Stuhl vor die Thüre gesetzt hat, bin ich nach Bötzow
gegangen und habe gearbeitet bei Meister Balzer auf Mord und
Tod — wirst Dir was ersparen, hab' ich mir gesagt, daß Du
vielleicht in ein paar Jahren so viel hast, daß Du Meister werden
kannst — Riekchen wird so lange wohl aushalten —

Rieke.

Und wenn ich alt und grau werden sollte, keinen Andren
als Dich will ich haben!

Finke.

Und wie nu's Jahr um is — da kommt das Kriegsgeschrei
— und nu is Bötzow kaput und Meister Balzer kaput — nu kann
ick von vorn anfangen; und über's Jahr, wenn ich wieder ein
paar Groschen hinter mir habe, denn wird's wieder so kommen,
und denn über's Jahr wieder und immer wieder Krieg und
Raub und Sengen und Brennen — o Du blutiger Heiland im
Himmelreich, ich weiß nich, wie es sonst in der Welt aussieht,
aber uns armen Leuten in der Mark geht es zu schlecht!
(Sinkt an den Tisch, legt verzweifelnd das Haupt auf die Arme.)

Rieke (legt die Hand auf seine Schulter).

Köhne, ob es denn nicht einmal besser werden wird?

44

Finke (steht auf).

Rieke, der da oben im Himmel is ja klüger als wir hier unten auf der Erde, der weiß vielleicht noch einen Ausweg — meine Weisheit is zu Ende.

(Sie halten sich schweigend umschlungen. Von links hört man Gelächter und fröhliches Gekreisch.)

Rieke (reißt sich von Finke los).

Wer kommt denn da?

Finke

(geht an die Straßenecke und blickt nach links).

Es sind die abligen Junker von Probst Ortwin seine Dom= schule; die spielen Fangen und Zeck mit die Mädchen.

Rieke.

Ach, dann komm fort!

Finke (kommt nach vorn).

Da sind sie schon.

Dreizehnter Auftritt.

Käthe, Grethe, die übrigen Mädchen (kommen von links gelaufen.)

Käthe.

Ne! das gilt nich!

Grethe.

Ne! wir spielen nich mit!

Vierzehnter Auftritt.

Konrad von Quitzow, Wichart von Rochow, andere junge Edelleute (alle in kurzen Mänteln, Barett auf dem Haupt, Dolche im Gürtel, kommen hinter den Mädchen von links gelaufen.)

Konrad von Quitzow

(eilt an die Straßenecke rechts, breitet die Arme aus).

Hier an der Straße steht ein Schlagbaum, und der heißt Quitzow! Nun, schöne Jungfern, seid Ihr gefangen!

(Die jungen Edelleute haben die Bühne rechts und links umstellt, so daß sich die Mädchen in der Mitte befinden.)

Käthe.

Aber wir spielen nich mit!

Alle Mädchen.

Ne, ne, ne!

Wichart von Rochow.

Ach dummes Zeug, da wird gar nicht lange gefragt.
(Geht auf Käthe zu und faßt sie an der Hand.)

Käthe (sich sträubend).

Ihr sollt mich nich anfassen!

Rochow.

Ziert Euch nicht!

Konrad (tritt hinzu).

Wichard, ängstige die Mädchen nicht. (Wichart tritt zurück.)
Warum wollt Ihr nicht mit uns tanzen, Jungfer Käthe?

Käthe (mit einem Blick auf Wichart).

Ach, der da is immer gleich so tollpatschig — mit Euch —
is das was andres.

Konrad.

Gut also, es ist noch lange hin bis zur letzten Glocke —
was wollen wir tanzen?

Grethe.

Den Zwölfmonatstanz!

Konrad.

Dazu sind wir nicht genug.

Wichart.

Den Kapriolen-Tanz.

Käthe.

Ne, da tanz' ich nich mit, das ist ein unanständiger Tanz.

Alle.

Der is unanständig.

Konrad.

Also wollen wir's mit dem polnischen Tanz versuchen; kennt Ihr den?

Alle.

Ne, wie is denn der?

Konrad.

Paßt auf. Seht Ihr, (tritt auf Käthe zu) zuerst die Reverenz (verbeugt sich) und Ihr habt nun die Neige zu machen.

Käthe (verneigt sich, knixend).

So?

Konrad.

So, ja. Nun kommt das Knippen und Knappen — ich gebe Euch die rechte Hand, — da wollt Ihr nicht — dann die linke — da wollt Ihr wieder nicht — dann aber beide — und da greift Ihr zu; und nun drehen wir uns.   (Sie machen die angegebenen Bewegungen durch.)

Käthe (lachend).

Is das ein komischer Tanz!

Alle.

Aber hübsch!

Konrad.

Nun jeder Mann eine Jungfer!   (Sie reihen sich zum Tanz.)

Wichart.

Ein Mädchen fehlt!

Käthe (zeigt auf Rieke).

Da is ja Rieke Stroband noch.

Alle.

Rieke muß mittanzen!

(Die Mädchen kommen in den Vordergrund gelaufen.)

47

Rieke.

Ich will nich, laßt mich geh'n.

Käthe.

Köhne Finke, so rede ihr doch zu.

Finke.

Wenn sie nich will, denn wird sie wohl wissen, warum daß sie nich will.

Konrad.

Bist Du solch ein Duckmäuser?

Finke.

Ne, Herr von Quitzow, der bin ich noch nie nich gewesen — aber Alles hat seine Zeit, und jetzt is schlechte Zeit zum Tanzen.

Konrad.

Warum denn?

Finke.

Warum? Da müßt' ich Euch eine Geschichte erzählen, die beinah so lang wäre, wie meine Lebensgeschichte. Aber seid einmal still — hört Ihr das?

(Dumpfes Geräusch von Stimmen und Schritten von rechts; die auf der Bühne befindlichen Personen sind an die Straßenecke geeilt, blicken rechts hinaus.)

Konrad.

Von Sanct Jürgens Thor kommt das her? Ein Haufen Menschen, Männer, Weiber und Kinder — Alle in Fetzen und Lumpen.

Finke.

Ja, Alles in Fetzen und Lumpen.

Fünfzehnter Auftritt.

Hans Sturz (kommt von rechts).

Sturz.

Herr Burgemeester! Herr Burgemeester!

Konrad.

Was ift gefchehen? Was ift los?

Sturz.

Die Pommern haben Straußberg gebrochen und die Straußberger find nach Berlin geflüchtet gekommen. Wo is der Burgemeefter?

Finke.

Ich will Euch zu ihm führen, kommt mit. (Wendet fich im Abgehn.) Und nu, Herr von Quitzow, gebt Acht! Es könnte fein, wenn das Elend da zum Himmel fchreit, daß Ihr einen Namen dabei nennen hört, den Ihr kennt.

Konrad.

Was habe ich mit den Straußbergern zu fchaffen? Was meinft Du? Was willft Du?

Finke.

Was ick will? Blos den Burgemeefter fagen will ich, daß in Berlin ein paar hundert hungrige Mäuler mehr find. (Ab mit Sturz nach rechts in's Rathhaus.)

Konrad (blickt ihm gedankenvoll nach).

Wichart.

Laß den Fafelhans fchwatzen; komm mit, Konrad, wir wollen unfren polnifchen Tanz zu Ende tanzen.

Konrad.

Ich mag nicht mehr, laßt mich.

Käthe.

Kommt doch, Herr Junker, was gehen Euch und uns die Straußberger an?

Grethe.

Wir können ihnen doch nicht helfen.

Konrad.

Geht und tanzt, mir ist die Lust vergällt, ich will nicht,
sag' ich Euch! Ich will nicht mehr!

Käthe.

Ach kommt, der is langweilig geworden.

Alle.

Ja, es ist schade.

(Die Mädchen mit den übrigen jungen Edelleuten links ab; Konrad tritt unter die
Laube des Rathhauses rechts. Riele ist bei Finke's Abgang in ein Haus zur Linken
abgegangen.)

Sechszehnter Auftritt.

Thomas Wins, Henning Stroband (von rechts, Wins in zerbrochener Rüstung
mit verbundenem Kopf, auf Stroband gestützt; das Geschrei kommt, sich verstärkend,
von rechts näher).

Stroband (ruft nach rechts).

Sagt doch denen, daß sie aufhören sollen zu schreien, sie
sind ja nu sicher!

Wins.

Nicht schreien? Was? Sie sollen heulen, heulen!
Jammer, der nicht mehr schreien darf, macht toll!
Es muß auf Erden doch noch Ohren geben,
Die hören, wenn man schreit. Der Kaiser schläft,
Der Markgraf schläft — heult, heult und weckt sie auf!

Stroband.

Sie haben schon Ohren zum Hören, aber sie halten sich
die Ohren zu.

Wins.

Dann in die Lüfte steige unser Schrei
Wie ein Gewölk, das an den Himmel stößt,
Und mit der Eisenstimme der Verzweiflung
Brech' er das taube Firmament entzwei,
Bis der uns hört, der oben sitzt im Himmel!

Siebenzehnter Auftritt.

Männer, Frauen, Kinder (mit Bündeln bepackt, kommen von rechts und laſſen ſich gruppenweiſe auf dem Straßenpflaſter nieder). **Berliner Bürger** (kommen mit ihnen von rechts).

Stroband (zu Wins).

Gott? Der fragt ſchon lange nich mehr nach der Mark.

Wins.

Er muß! Er muß! Er darf uns nicht vergeſſen.
Er hat die Mark an einem Tag gemacht
Mit aller andern Welt! (Sinkt in die Kniee). Hör' mich, hör' mich,
Die Menſchen wollen von dem Land nichts wiſſen,
Das zwiſchen Elbe liegt und Oder — Du
Darfſt ſo nicht denken, denn Du biſt kein Menſch!
Sie ſagen, unſer Land iſt häßlich, ſandig —
Du aber haſt das ſand'ge Land gemacht!
Und Du haſt Menſchen in die Mark geſetzt;
Und wir ſind Fleiſch und Bein wie andre Menſchen!
Wenn man das Brod uns nimmt, ſo hungern wir,
Wenn man uns Recht und Haus und Kleider nimmt,
So ſind wir nackt und frieren wie die Andren;
Und alles das geſchieht uns jeden Tag,
Du aber läßt's geſchehn und hinderſt nicht!
Du biſt ein reicher Herr und wir ſind arm,
Und Deine Kinder ſind wir darum doch!
Ein Vater ſoll für ſeine Kinder ſorgen,
Das haſt Du ſelber uns gelehrt — ſo hilf uns!
Verlaß die Mark nicht! Hilf uns!
(Sinkt mit dem Geſicht auf den Boden.)

Männer und Frauen (die Hände erhebend).

Hilf uns! Hilf uns!

Stroband.

Thomas Wins, wenn's eine Stadt giebt, die Euren Jammer

begreift, so ist es Berlin; wenn's einen Menschen in Berlin
giebt, der ein Herz hat für Alles, was man Euch gethan hat,
so bin ich es — gebt Euch zur Ruhe.

Wins (steht auf).

Henning Stroband, seht Euch das an und sagt, ich soll
mich zur Ruhe geben; (zeigt auf die Gruppen der Flüchtlinge) der Jammer,
das Elend, die Verzweiflung! Ihr habt Straußberg gekannt,
wenn Ihr jetzt hinkommt, findet Ihr's nicht wieder. Ihr sagt,
Straußberg war eine kleine Stadt — unser Jammer ist groß
wie die Welt! Alles zerbrochen! Alles in Asche! Alles in
Trümmern! Die Hälfte von unsren Bürgern todt! Was noch
übrig ist — da liegt's auf Eurem Pflaster. Ihr habt ge=
seh'n, wie wir unsre Felder bestellt haben, mit Mühe und Noth
jeden Tag, jetzt sind sie zertreten, zertrampelt, zerwühlt! Haben
wir zu viel verlangt von dem da oben? Nein! Nein! Nein!
Wenn wir genug gehabt haben, unsre hungrigen Kinder zu
füttern, sind wir zufrieden gewesen und haben Gott gedankt!
Und auch das sollen wir nicht haben dürfen? Nicht einmal das?

Stroband.

Wenn mir doch nur irgend etwas einfiele — ist Eure Frau
gerettet?

Wins.

Ja.

Stroband.

Und Eure Tochter? Die Agnes?

Wins (schlägt sich vor die Stirn).

Mein Kind! Mein Kind!

Stroband.

Ist sie todt?

Wins.

Ich wollte, sie wär's.

Erster Akt.

Stroband.

Thomas Wins, versündigt Euch nich!

Wins.

Wer fordert Rechenschaft von mir? An mir ward Sünde gethan! Ihr habt mein Kind gekannt; ich bin ein armer Mann, wenn sie mir über die Straße entgegengesprungen kam, war ich reich! Ich bin alt geworden in Sorge um die Stadt, alt und grau in Sorgen um mein Haus — wenn ich ihr Lachen hörte, war ich wieder jung — ich werde ihr Lachen nicht mehr hören — nie mehr —

Stroband.

Aber wenn sie doch lebt?

Wins.

Henning Stroband — sie kennt ihren Vater nicht mehr! Das Licht ist ausgelöscht in ihrem Kopf!

Stroband.

O Du Heiland der Welt. —

Wins (zeigt nach rechts).

Seht dahin, ich kann den Jammer nicht mitansehen mehr! (Wendet sich ab.)

Achtzehnter Auftritt.

Gertrud Wins, Agnes Wins (von rechts. Gertrud führt Agnes, die starren Blickes geistesabwesend geht).

Stroband (tritt hinzu).

Frau Trude Wins —? (Reicht ihr die Hand).

Gertrud (giebt ihm die Hand).

Ja, Henning Stroband, ich weiß, was Ihr sagen wollt: der Mensch mag arm sein, wie ein Bettler; zum Verlieren ist er immer noch reich genug.

(Es wird ein Stuhl herbeigetragen, Agnes sinkt darauf.)

Stroband.

Agnes — kennst Du Deinen Ohm nich mehr? Den Henning Stroband aus Berlin?

Agnes.

O — das heiße, heiße Feuer und der rothe Tod!

Gertrud.

Ihr sprecht zu einem Stein; sie sieht nur Feuer und Blut vor ihren Augen.

Stroband.

Wie is denn das gekommen?

Gertrud.

Die Pommern haben Feuerpfeile in die Stadt geworfen.

Wins.

Nicht die Pommern, der Quitzow hat es gethan.

Gertrud.

Ja, man sagt, der Quitzow ist es gewesen.

Wins.

Man sagt? Man sagt?

Stroband.

Laßt doch Euere Frau erzählen.

Gertrud.

Unser Haus ist lichterloh in Flammen aufgegangen, und wie wir aus dem Höllen-Wrasen herausgeflohen sind, hat uns ein gräßliches Geschrei auf der Straße empfangen; die Pommern hatten die Mauer erstiegen und in dem Augenblick kommt auch schon ein Kriegsknecht die Straße dahergerannt und wirft sich auf unsre Agnes und reißt sie von mir weg. Und wie ich ihr nach will, so hebt der Mensch den Fuß und — stößt mich vor den Leib, daß ich zur Erde falle —

Stroband.

Arme Frau.

Gertrud.

Und so höre ich, wie unsre Agnes einen fürchterlichen Schrei thut und sehe, wie der Mensch sie an die Mauer von unsrem Hause drängt und wie das Kind schneeweiß wird im Gesicht — und in dem Augenblick kommt von der andren Seite ein Haufe Quitzow'scher die Straße herunter und vorneweg der Dietrich Quitzow, das nackte Schwert in der Hand — und so schreit er den Pommern an und „Du Hundsfott," sagt er, „hab ich Euch nich befohlen, daß Ihr die Weiber in Ruh lassen sollt?" Und damit so nimmt er das Schwert und haut den Pommern über'n Kopf, daß er gleich um und um fällt und das rothe Blut über unsre Agnes dahingeht — und dadrauf so nimmt er sie beim Arm und wirft sie mir zu — und wie ich sie in meine Arme nehme — und sie anrufe, da kennt sie mich nicht mehr — und da — ist es unsre Agnes nicht mehr — sondern das hier — was Ihr da vor Euch seht. (Bricht in Thränen aus.)

Wins.

Das Entsetzen hat ihr den Verstand genommen! Mein Kind! Mein Kind! (Kniet vor Agnes nieder, beugt das Haupt in ihren Schooß.)

Neunzehnter Auftritt.

Probst Ortwin, Perwenitz, Tannewitz, Sechelweg (kommen aus dem Rath-hause, bleiben unter der Laube stehen).

Probst Ortwin.

Konrad von Quitzow, finde ich Dich hier?
Was thust Du hier?

Konrad (starrt ihn wie verstört an).

Ich höre — Unerhörtes
Und sehe Niegeseh'nes.

Ortwin.

Lerne, Sohn,

Du wirst in dieser einen einz'gen Stunde
Mehr lernen als in Jahren Du gelernt.

Sechelweg (tritt vor).

Im Namen der Stadt Berlin und im Auftrag der zwei
Bürgermeister — hört mich an, Mann, Weib und Kind: Frieden
verkünde ich den friedlosen Leuten von Straußberg, gehet hin
zum Kalandshofe von Berlin, gehet hin zu Probst Ortwin's
Haus bei Sanct Niklas' Hof, gehet hin zu den schwarzen
Brüdern — Obdach wird man geben den Obdachlosen und —

Die Straußberger
(Männer, Weiber und Kinder mit einem einzigen Schrei unterbrechend).

Gebt uns Brod!

Sechelweg.

Ihr sollt es haben —

Die Straußberger
(kommen stürmend auf das Rathhaus zu).

Gebt es gleich! Wir verhungern! Brod!
(Wüstes Durcheinander.)

Konrad (drängt sich zu Ortwin).

Hörtet ihr das? Probst Ortwin?

Ortwin.

Lerne, Sohn —

Perwenitz (nach rückwärts gewandt).

Es liegt noch Brod im Rathhaus; die Stadtknechte sollen
kommen und das Brod vertheilen!

Die Straußberger
(umdrängen Perwenitz, küssen ihm Hände und Füße).

Seid gesegnet! Seid gesegnet!

Zwanzigſter Auftritt.

Stadtknechte (kommen mit Körben voll Brob aus dem Rathhauſe, ſobald ſie er=
ſcheinen, ſtürzen ſich die Straußberger über die Körbe her, reißen ſie an ſich).

Die Straußberger.

Mir her! Hierher!
(Es entſteht ein wüthender Kampf.)

Perwenitz (ſchreit in den Tumult).

Haltet Ordnung! Das Brob ſoll vertheilt werden!
(Der Tumult dauert fort.)

Konrad.

O gräßlich! Unerhört!

Ortwin.

Konrad von Quitzow,
Dies waren Väter einſt, dies waren Mütter,
Das Elend hat zu Thieren ſie gemacht,
Und ſolches Elend ſchufen ihnen Menſchen!
Lerne, mein Sohn!

Konrad (zeigt auf Agnes).

Seht Ihr die Frauen dort?
Sie ließen ihnen nicht ein Stückchen Brob.

Ortwin.

So zeig', daß Du ein Chriſt biſt — nimm ein Brob
Und bring es ihnen.

Konrad.

Ja, ich will es thun.
(Er nimmt aus einem der Körbe ein noch vorhandenes Brob, geht damit zu Gertrud Wins.)
Nehmt, arme Frau, für Euch und Eure Tochter.

Agnes

(wendet die Augen auf Konrad, ihr Blick wird starr, als erkennte sie ihn und als kehrte ihr Bewußtsein zurück).

Die Flamme loht — in Lüften saust das Schwert —
Das rothe Blut geht über mich — (sie springt auf) der Quitzow!!

(Thomas Wins springt auf, tritt einen Schritt zurück, Konrad anstarrend; die Strauß=
berger drängen heran; eine lautlose Pause.)

Wins (faßt Gertrud's Hand, murmelt).

Aus Wahnsinn spricht Vernunft — sieh das Gesicht —

Konrad (will Agnes das Brod reichen).

Nehmt, Jungfrau, warum schreckt Ihr so vor mir?

Wins
(entreißt ihm das Brod, schleudert es zu Boden).

Die Gabe, die sie nimmt aus Deinen Händen,
Verwandle sich in ihrem Mund zu Gift!

Konrad.

Rasender Alter —?

Wins.

Wie man Teufel bannt,
So bann' ich Dich aus meines Kindes Nähe!
Ein Geier bist Du! Breite Deine Schwingen,
Flieg auf, hinaus, zur menschenleeren Oede,
Wo auf dem blut'gen Horst Dein Bruder haust,
Dietrich von Quitzow!

Die Straußberger.

Dietrich Quitzow's Bruder?

Konrad.

Sein Bruder! Ja!

Wins (reißt Agnes an sich).

Erschlagt!

Die Straußberger.

Schlagt todt!

Agnes (reißt sich von ihrem Vater los).

Der Pommer

Er will Gewalt mir thun!

Wins.

Agnes, mein Kind?
Dein Vater — kennst Du Deinen Vater nicht?

Agnes (schmiegt sich an Konrad).
Errette mich vor ihm! Errette mich!

Wins.
Vor Deinem Vater fliehst Du zu dem Quitzow? —
Du sollst mein Kind aus Deinen Armen lassen,
Du Bruder des Mordbrenners!

(Packt Konrad an.)

Konrad.

Ah, Verdammter!
Beschimpfst Du mir so schmählich meinen Bruder?

(Er stößt Wins zurück, so daß dieser taumelt und fällt.)

Agnes.
Hilf Gott! der alte Mann dort an der Erde —
Ist das mein Vater nicht?

Wins (am Boden liegend).

Agnes, mein Kind,
Mußt' ich bis in den Staub hinuntersteigen,
Damit Du Deinen Vater wiederkennst?

(Agnes beugt sich zu ihm nieder, er umarmt sie.)

Konrad.
O Bild des Leids — kommt, alter Mann, steht auf,
Ich biet' Euch meine Hand.

Wins.

Ich brauch' sie nicht,
Ich will nicht Deine Hand. Denn wie ich hier

Durch Deine Hand in Staub geworfen liege,
So liegt das ganze Brandenburg'sche Land
Zertreten unter Deines Bruders Füßen.
Kommt, helft mir auf. —

(Er erhebt sich, auf Gertrud gestützt.)

Freue Dich Deines Sieges —

Alle Straußberger.

Schlagt den Quitzow todt! Schlagt ihn todt!

(Drängen auf Konrad ein.)

Konrad.

Kommt an! Ich steh' Euch Allen, fürcht' Euch nicht!

Wins.

Ah, hört den muth'gen Junker! So ist's recht!
Das ist der Junker einziges Gesetz:
Nur niemals Furcht! Wenn sich das Recht beklagt,
So macht die Faust und schlagt dem Recht auf's Maul!

(Er zieht die Kinder, die umherstehen, zu sich heran.)

Ankläger her! Sieh diese Kinder an:
Die Augen hohl — die Lippen bleich — die Wangen
Verhagert und vermagert vor der Zeit —
Und hinter diesen hundert, aberhundert,
Elend wie sie, ein Feld geknickter Halme,
Und Quitzow heißt der Hagel, der sie schlug!
Hörst Du, was diese Kinder-Lippen wimmern?
Verstehst Du's? Ja, Du mußt versteh'n, Du mußt,
Denn Deine eigne Muttersprache ist's:
„Gieb Vater uns und Mutter wieder!"

Konrad.

O!!

(Beugt sich zu den Kindern nieder.)

Ihr Kinder! Ihr unsel'gen armen Kinder!

Wins.

Du fürchtest Dich vor den Lebend'gen nicht?
Geh, sieh Dir Straußberg an, die todte Stadt!

60

Dein Bruder warf den Feuerbrand hinein!
Sieh in das bleiche Angesicht der Todten —
Dein Bruder warf sie in den brand'gen Schutt!
Sieh in ihr rinnend Blut, es hat die Farbe
Des Deinen, es ist Brandenburgisch Blut,
Und ihr vergoßt es!

Konrad.
Nein!!

Wins.
Ihr thatet's!

Alle.
Ja!

Wins.
Gieb unser Glück uns wieder, Hab' und Gut,
Gieb unsre Häuser, unsre Felder!

Alle.
Gieb wieder!

Wins.
Gieb unsre Todten wieder!

Alle.
Gieb wieder!

Konrad.
Hier bin ich selbst und dies mein Selbst ist Alles,
Was ich Euch geben kann! Nehmt, schlachtet mich!
Ich habe Eurem Drohen widerstanden,
Doch Euer Jammer greift in meine Brust,
Und reißt aus meinem Leib mein eigenes Herz
Zur Bundesgenossenschaft auf Eure Seite.
(Schlägt die Hände vor das Gesicht.)
O Brandenburg! O Heimath! O mein Land!

Perwenitz
(tritt heran, legt die Hand auf Konrad's Schulter).
Die Thränen braucht Ihr nimmer zu verbergen,

61

Die thun Euch keine Schande. Hört mich an!
Quitzow schlug tiefe Wunden in die Mark,
Die Wahrheit ist's — doch dies ist auch die Wahrheit,
Daß nur ein Einziger sie heilen kann,
Und das ist wieder Quitzow — wenn er will!
Konrad von Quitzow, sprecht,
Wollt Ihr aufrichten helfen das Zerstörte?
Den Obdachlosen wieder Häuser bau'n?

Konrad.

Ob ich es will? Ihr fragt mich, ob ich Thaten,
Die nur der gnadenreiche Gott vermag,
Vollbringen will? Sagt mir, wie ich's vollbringe,
Und all' mein Leben lang gehör' ich Euch!

Perwenitz.

Probst Ortwin, les't uns, bitt' ich, Quitzow's Brief.

Ortwin (tritt heran, zieht den Brief hervor).

So schreibt zu meinen Händen Dietrich Quitzow:
Wenn Konrad, seinen vielgeliebten Bruder,
Wir ungekränkt ihm führen in die Hand,
So will er den Stettiner Herzögen
Absagen und mit allen seinen Leuten
Will er sich setzen zur Mark Brandenburg
Und mit der Stadt Berlin ein Bündniß machen —

Wins.

Bündniß mit Dietrich Quitzow?

Perwenitz.

Thomas Wins,
Ihr habt das Wort gehabt, jetzt spricht Berlin.

Ortwin.

Und mit der Stadt Berlin ein Bündniß machen,
Nach Straußberg heimzuführen die Vertriebenen,

Gemeinſam anzugreifen die Stettiner
Und ſie hinauszujagen aus der Mark.

Perweniß.

Hans Dannewiß, Rathmannen von Berlin,
Streckt Eure Hände her!
(Er reicht Konrad die Hand, die Rathmannen ſtrecken die rechte Hand aus.)

Konrad von Quißow,
Das Herz von Brandenburg ſchlägt in Berlin;
Hier unſre Hand — wollt Ihr ein Bündniß machen
Mit Eurem Vaterland?

Konrad (ergreift Perweniß' Hand).

Landsleute! Ja!
Landsleute o die weite warme Welt
In dieſem Wort! Ein Schickſal über uns,
Gemeinſam unſer Leib und unſre Freude!
Wie mir die Seele aufgeht, wie das Herz
Mir groß und fruchtbar wird zu guter That!
Ich, Sohn der Mark, wie Ihr, ich liebe Euch!

Perweniß.

Gott lohn's Euch, das war gut!

Alle.

War gut! War gut!

Perweniß.

Und kommt Ihr jetzt zu Eurem Bruder mit?

Konrad (wirft den Mantel ab).

Ein Schwert an meine Hüfte! Roß herbei;
In Roſſes Sattel und hinaus, hinaus!

Ortwin
(dem ein Stadtknecht ein Schwert gereicht hat, übergiebt es Konrad).

Konrad, nimm hin —
Ich habe Dich gehütet und gehegt;

Heut geb' ich Dich zu größrer Lehre frei:
Jüngling sei Mann und Mann geh aus in's Leben.

Konrad
(hebt das in der Scheide ruhende Schwert empor, indem er es in der Mitte faßt).

So schwör' ich hier vor Menschen und vor Gott:
Wird diese Zunge, diese stählerne,
Die stumm jetzt ruht, zu reden einst beginnen,
So sei ihr erstes Wort: für Brandenburg!

Alle.

Für Brandenburg!

Perwenitz.
Auf den Weg!

Alle.

Auf den Weg!
(Brausender Jubel.)

(Vorhang fällt.)

Ende des ersten Aktes.

Zweiter Akt.

(Ein größeres Zimmer im Rathhaus zu Straußberg. Der Raum zeigt die Spuren von Verwüstung; die Mauern und die Decke sind vom Rauch geschwärzt; die Tapeten theilweise herabgerissen. Eine große Thür in der Mitte des Hintergrundes, kleinere Thüren rechts und links. An der linken Wand ein Ruhebett; in der Mitte der große, schwere Tisch, einzelne Stühle im Zimmer verstreut; rechts ein Fenster-Erker.)

Erster Auftritt.

Detlev von Schwerin, Johann von Briesen, Pommersche Edelleute (stehen in leiser Unterhaltung).

Briesen.

Herr Detlev von Schwerin, wollt Ihr die Herzöge rufen? Ich glaube wir sind versammelt.

Schwerin (sieht sich um).

Dietrich von Quitzow fehlt.

Briesen.

Sollen wir warten, bis es ihm beliebt?

Zweiter Auftritt.

Barbara (in phantastisch kriegerischer Tracht, zu den Vorigen durch die Mitte.)

Barbara.

Gott zum Gruß, die Herr'n.

(Alle verneigen sich.)

Was führt Euch zusammen?

v. Wildenbruch, Die Quitzows.

Schwerin.

Wir halten Kriegsrath.

Barbara (setzt sich auf einen Stuhl).

Ich störe Euch nicht, berathet weiter.

Schwerin.

Die Herzöge fehlen.

Barbara (halblaut für sich).

Laßt sie fort, es geht auch ohne sie.

Schwerin.

Und Dietrich von Quitzow fehlt.

Barbara (wie oben).

Dann fehlt Eurem Rathe der Kopf.

(Die Thür links öffnet sich.)

Schwerin.

Die gnädigen Herren kommen.

Dritter Auftritt.

Herzog Kasimir, Herzog Otto (kommen von links. Kasimir trägt eine Binde um den Kopf).

Kasimir (mit der Hand winkend).

Ausgeruht, Ihr Herren? Guten Morgen Allen.

Schwerin.

Frohen Morgen Euch, gnädiger Herr.

(Alle verneigen sich.)

Kasimir

(läßt sich auf dem Ruhebett nieder, Otto setzt sich auf einen Stuhl neben dem Ruhebett).

Gräfin Barbara — unsere Amazone — frisch und munter bereits?

Barbara (ohne ihre Stellung zu verändern).

Bereits? Die Sonne steht seit zwei Stunden am Himmel.

Kasimir.

Ihr beschämt uns fast durch Euren Eifer.

Barbara (halblaut für sich).

Hülfe es nur zu was.

Otto (sich zu ihr wendend).

Ihr meintet?

Barbara.

Daß ich wissen möchte, warum mein Herr Bräutigam den Kopf verbunden trägt?

Kasimir.

Ich habe zur Nacht meinen alten Kopf= und Augenschmerz bekommen — Ihr wißt —

Barbara.

Glaubte schon, Ihr wäret verwundet.

Kasimir.

Nein.

Barbara (für sich).

Wüßte auch nicht, wie Du zur Wunde käm'st.

Otto.

Ihr meintet?

Barbara (höhnisch lächelnd).

Daß ich Gott preise, daß es nichts weiter ist.

Kasimir.

Wir haben eine schlechte Nacht gehabt; die Stadt ist noch so voll Rauch und Dunst, daß er auf den Kopf schlägt.

5*

Barbara (für sich).

Wär'st Du zu Stettin geblieben in Deinem Bett.

Otto.

Wir können uns bei Herrn von Quitzow dafür bedanken.

Barbara.

Wieso?

Otto.

Er war's, der Feuer in die Stadt werfen ließ.

Kasimir.

Es war nicht unser Wille gewesen, es ist wahr.

Barbara.

So würd' ich ihm an Eurer Stelle danken, daß er Euch
Straußberg ohne Euren Willen erobert hat.

Otto.

Er hat es erobert?

Kasimir.

Ist Herr von Quitzow noch nicht erschienen?

Briesen.

Nein, gnädiger Herr.

Otto.

Das wundert mich.

Barbara.

Seid gewiß, daß es nicht darum ist, weil er noch schläft.

Kasimir.

Wir haben ihn zum Kriegsrath bestellen lassen; ist unser
Bote noch nicht zurück?

Schwerin.

Steht draußen vor der Thür, gnädiger Herr.

Kasimir.

So laßt ihn kommen.

Schwerin (öffnet die Mittelthür).

Vierter Auftritt.

Krobenow (kommt durch die Mitte; bleibt stehen. Die Mittelthür bleibt offen).

Kasimir.

Warst Du bei Herrn von Quitzow?

Krobenow.

Aufzuwarten, gnädiger Herr.

Kasimir.

Kommt er?

Krobenow.

Vielleicht, gnädiger Herr.

Otto.

Was soll das heißen? Hast Du ihn herbestellt?

Krobenow.

Aufzuwarten, gnädiger Herr.

Otto.

Na, was sagte er?

Krobenow.

Ein paar Maulschellen hat er mir gegeben.

Otto.

Ha!

(Bewegung unter den Anwesenden).

Kasimir.

Ein Paar — was?

Otto.

Geschlagen hat er unsren Boten!

Krodenow.

Und „er ließe sich von Niemand nich bestellen" hat er gesagt.

Otto.

Hat er gesagt?

Krodenow.

Ja „und der Deibel sollte jeden holen, der ihm was be=
fehlen wollte, und wenn's der Kaiser von Afrika wäre."

Barbara.

Hahaha!

Otto (fährt auf).

Wer lacht da?

Barbara.

Ich war so frei.

Otto.

Ach so — Ihr?

Kasimir.

Das finde ich sehr ungehörig von Herrn von Quitzow.

Otto (geht auf und ab).

Ach was, ungehörig! Frech! frech! frech! Was ist denn
dieser Herr von Quitzow? Ein Habenichts aus der Mark!

Barbara.

Und der größte Kriegsmann seiner Zeit.

Otto.

Wir hätten Straußberg auch ohne ihn bekommen!

Barbara.

Warum habt Ihr nicht?

Otto (bleibt vor ihr stehen).

Nehmt Ihr Partei wider fürstliches Geblüt? Ihr nennt Euch doch eines Königs Tochter? Aber freilich — man weiß —

Barbara.

Was weiß man?

Otto.

Wie Ihr zu Eurem Vater gekommen seid.

Barbara (fährt auf).

Hütet Euch!

Kasimir.

Mein Herr Bruder — ich bitte. — Aber was beginnen wir nun?

Briesen.

Gnädiger Herr, wir können auch ohne den Quitzow Kriegs= rath halten.

Schwerin.

Der Meinung bin ich auch.

Barbara (für sich).

Fragt sich nur, wie weit Ihr kommt.

Kasimir.

Also fangen wir an. Straußberg haben wir nun.

Schwerin.

Straußberg haben wir.

Kasimir.

Und es ist leichter gegangen, als ich dachte. Diese Bran= denburger sind keine gefährlichen Leute, wie mir scheint.

Otto.

Elendes Gesindel! Darum schlage ich vor: nach Berlin!

Kasimir.

Was sagen die Herren?

Briesen.

Berlin ist eine starke Stadt.

Otto.

Ach was! Ich will den Berliner Bären an die Kette legen und auf den pommerschen Jahrmärkten Purzelbäume schlagen lassen.

Kasimir.

Hahaha — sehr gut.

Schwerin.

Gnädiger Herr, ich meine, es kommt zunächst drauf an, daß wir die Ukermark bekommen.

Otto.

Die Ukermark! Die bleibt uns sowieso.

Barbara.

Habt Ihr sie denn schon?

Otto.

Prenzlau haben wir; fehlt bloß noch Angermünde. Das holen wir uns wie die Butter auf's Brod.

Briesen.

Es hat Mauern und Thürme.

Otto.

Und wir haben Leitern. Ich bleibe dabei: nach Berlin. Wenn wir Berlin haben, können wir die Mark wie einen alten Käse austheilen.

Barbara.

Schneidet Euch nur nicht in die Finger dabei.

Otto.

Hier wird Kriegsrath gehalten, daß Ihr's wißt! Das ist ernste Sache!

Fünfter Auftritt.

Dietrich von Quitzow (tritt plötzlich, nachdem er eine Zeitlang in der offenen Mittelthür gestanden, durch die Versammlung hindurch in den Vordergrund.)

Dietrich.

Wenn es so ist, Herzog, warum treibt Ihr dann Possen?

Otto (fährt zurück).

Possen? Ich — Possen?

Dietrich.

Es war doch nicht Euer Ernst, was Ihr da spracht?

Otto.

Was sonst?

Dietrich.

Prahlhanserei!

Otto.

Was erlaubt Ihr Euch?!

Dietrich.

Zunächst mich zu setzen. (Zieht einen Stuhl herbei, setzt sich, indem er sich leicht gegen Kasimir verneigt, legt das Schwert auf den Tisch.)

Otto.

Ihr vergeßt, Herr von Quitzow, daß Ihr mit Fürsten sprecht!

Dietrich.

Nein, Herr, Ihr erinnert mich mit jedem Wort daran.

Otto.

Ich sehe nicht, daß ein Anderer von unsern Herren sitzt.

Dietrich.

Hütet Eure Zunge! Eure Herren essen Euer Brod — ich gehöre zu Euren Herren nicht!

Otto.

Ah, seht doch, hört doch, wo liegt denn Euer Fürstenthum?

Dietrich
(springt auf, hält ihm die geballte Faust entgegen).

Hier!

Barbara (fährt auf).

Ah! Mannesgewalt und Herrlichkeit!
(Gemurr unter den Anwesenden.)

Otto.

Sollen wir das ertragen?!

Kasimir (hält sich den Kopf).

Nicht solchen Lärm — ich bitte — mir zerspringt der Kopf! Herr von Quitzow, Ihr seid hitzig und wenig rücksichtsvoll für Eure Bundesgenossen.

Dietrich.

Nur so lang, als Ihr vergeßt, daß ich Euer Bundesgenosse bin und nicht Euer Diener.

Kasimir.

Der Bote, den wir zu Euch gesandt, hat sich beschwert, daß Ihr ihn geschlagen hättet.

Dietrich.

Und wenn er das nächste Mal in solchem Ton zu mir spricht, so schlage ich ihn todt.

Otto.

Immer besser! Aber wir sind es ja gewöhnt: bei der Erstürmung von Straußberg habt Ihr mehr als einen von unseren Leuten erschlagen.

Dietrich.

Woher wißt denn Ihr das? Euch hab' ich nirgends geseh'n, als es zum Sturm ging.

74

Kasimir.

Es war nicht unser Wille, daß Brandpfeile in die Stadt geworfen wurden.

Dietrich.

Nein, es war der meine.

Otto.

Aber auf uns fällt die Verantwortung.

Dietrich.

Ich will die Verantwortung auf mich nehmen, wenn Ihr — nun, denkt Euch das Ende.

Otto.

Wenn wir — was?

Dietrich.

Wenn Ihr zu feige dazu seid!

Otto, Briesen, Schwerin.

Ha!!

Dietrich.

Nichts Feigeres kenne ich, als Krieg zu beginnen und dann vor dem Kriege zu erschrecken! War's Euer Wille, Herzog Kasimir, Straußberg zu erobern?

Kasimir.

Ihr wißt es so gut wie ich.

Dietrich.

Euer Wille, Straußberg bald zu haben?

Kasimir.

Nun freilich.

Dietrich.

Was also klagt Ihr? In zwei Tagen habt Ihr's erlangt.

Kasimir.

Es wäre auch wohl ohne Brand gegangen.

Dietrich.

Nein! Denn das Heer der Märkischen Städte wäre uns über den Hals gekommen.

Otto.

Der Märkischen Städte — hahaha!

Dietrich.

Warum lacht Ihr?

Otto.

Wo ist das Heer der Märkischen Städte?

Dietrich.

Auf Eueren Fersen.

Otto.

Im Mauseloch!

Dietrich.

Geht nach Stettin zurück und lernt das Abc der Kriegskunst, wenn Ihr die Ehre haben wollt, mit Dietrich Quitzow zu Felde zu ziehen, prahlerischer Knabe!

Otto.

Knabe?! Prahlerischer —?!

Dietrich.

Ja, prahlerischer, unreifer Knabe! Der mit dem Kriege spielt wie ein Kind mit dem Messer! Der den Feind verachtet, weil zwischen seiner fürstlichen Haut und dem Feinde die Leiber so und soviel treuer Männer stehen, die sich für ihn opfern!

Otto.

Wagt Ihr mir zu sagen, daß ich — daß ich feige sei?

76

→ **Zweiter Akt.** ←

Dietrich.

Wo waret Ihr, als der Sturm auf Straußberg begann?

Kasimir (richtet sich auf).

Herr — Herr von Quitzow — man spricht nicht so zu einem Pommerschen Herzog.

Dietrich.

Wenn Ihr einen Höfling suchtet, mußtet Ihr Euch nicht an mich wenden.

Kasimir.

Das ist zu stark — in der That — das — .

Otto.

Bruder Kasimir, sollen wir noch länger Gemeinschaft halten mit diesem dreisten Mann? Diesem —

Dietrich.

Glaubt Ihr, ich sei der Mann, der sich Freundschaft geben und nehmen läßt? Pommern-Stettin — ich sage Dir ab!

(Bewegung.)

Otto.

Er sagt uns ab! Hahaha! Er sagt uns ab. Was seid Ihr denn, Herr Habenichts, wenn wir die Hand von Euch ziehen?

Dietrich.

Ein Mann, vor dem Ihr zittern sollt! (Er geht in den Erker, reißt das Fenster auf, ruft hinaus). Dietrich Schwalbe!

Stimme (von braußen).

Gnädiger Herr?

Dietrich (ruft hinaus).

Aufgesessen die Quitzow'schen! Eingerückt in Straußberg! Schmeißt die Pommern hinaus! Brandenburg ist die Losung!

77

Otto, Briesen, Schwerin
(reißen die Schwerter heraus).
Ah! Teufel! Verräther!

Barbara
(ergreift Dietrichs Schwert, das auf dem Tische liegt, springt in den Erker).
Quitzow, waffne Dich!!

Dietrich
(wendet sich vom Fenster um, reißt das Schwert an sich und aus der Scheibe, in demselben Augenblick wollen die Pommern auf ihn einbringen und prallen zurück).
Hier ist der Quitzow! Wen gelüstet's, ihn kennen zu lernen?

Kasimir (steht zitternd aufrecht).
Barbara! Hierher!

Barbara.
Nie mehr zu Euch! Nie mehr!

Quitzow.
Hierher gehört sie, zu dem Leben, das sie gerettet!
(Wirft den linken Arm um Barbara, sie schmiegt sich an ihn.)

Kasimir
(faßt sich mit beiden Händen an den Kopf).
Mein Kopf — ich ersticke — Luft.

Otto und Briesen (springen ihm zu Hülfe).

Otto (zu Barbara).
Ah! Dirne! Ehrloses Bastard=Blut!
(Barbara fährt auf.)

Dietrich.
Laßt ihn schimpfen, Gräfin, heute Abend wird er greinen,
wenn ihm die Märkischen Ruthen den Rücken gekerbt haben.
(Trompeten außerhalb in der Ferne.)

Sechster Auftritt.

Krobenow (erscheint in der Mittelthür).

Krobenow.

Sie kommen — die Märker — sie kommen!

Kasimir.

Die Märker?

Krobenow.

Von Müncheberg und Bukow, in zwei mächtigen Haufen! Und über Alt-Landsberg zieht ein dritter heran!

Otto.

Was für einer das?

Krobenow.

Die Fahnen von Berlin flattern darüber!

Otto.

Ah Teufel!

Kasimir.

Führt mich hinweg!

Otto.

Helft mir, meinen Bruder fortbringen!

(Sie führen Kasimir nach dem Mittelausgang.)

Dietrich.

Eine Sänfte für ihn und Hasenfüße für Euch Alle!

Krobenow.

Und in der Stadt ist ein Tumult; die Quitzow'schen haben unsere Leute angefallen und schmeißen sie hinaus!

Dietrich.

Fegt aus mit klirrendem Besen! fegt aus!

(Trompeten in größerer Nähe.)

Kasimir.

Hinweg!

Otto (gegen Quitzow drohend).

Wir sehen uns wieder, Herr von Quitzow!

Schwerin und Briesen.

Wir sehen uns wieder!

(Alle ab durch die Mitte.)

Dietrich.

Und Ihr sollt mich fühlen obendrein. (Er tritt aus dem Erker, wirft das Schwert auf den Tisch). Hahaha! — Wie ich sie verachte! Wie mir das Herz im Leibe lacht, daß ich es ihnen habe in's Gesicht schleudern können, all' den Ingrimm und Ekel, der mich vor ihnen erfüllt!

Das also ist das fürstliche Geblüt?
Der ganz besondre Saft? Laßt sie zur Ader
Und seht ihn an, den trägen dünnen Saft!
Ich will nicht Freundschaft halten mit den Fürsten,
Ich hasse alles das, was Kronen trägt!
Hier steh' ich, meine Freiheit ist mein Reich,
Mein Haupt mein Unterthan, und meine Hände!
Und meine Mannheit setzte die Natur
Als Krone mir auf's Haupt — wo ist ein Mensch,
Der sagen darf, er sei mehr Fürst als ich?

Barbara
(die auf einen Stuhl gesunken, ihn mit glühenden Augen betrachtet hat).

Der wandelt nicht auf Erden, der es dürfte,
Du König ohne Krone, mächt'ger Mann!

Dietrich.

Gräfin — ich hab' Euch kaum gedankt — verzeiht.
Nun — Euer Herzog?

Barbara.

Sprecht nicht von dem Knaben,
Wo Mann und Weib sich unterreden.

(Sie erhebt sich langsam.)

Quitzow,

Ich seh' Euch an, gewährt mir eine Frage:
Seid Ihr ein Deutscher? Wirklich?

Dietrich.

Nun, ich denke,
Was ich da sprach, war deutsch.

Barbara.

Verhöhnt mich nicht,
Ich kann's nicht denken; deutsches Blut ist kalt,
Langsam zur Leidenschaft, zur That unlustig,
Feindlich verschieden von dem Blut des Polen,
Wie Wasser ist vom Feuer —

Dietrich (lachend).

Meiner Treu',
Ihr denkt nicht hoch von uns.

Barbara.

Seid ihr von ihnen?
Die kalt vernünft'ge grüblerische Art,
Der unterwürfge Sinn — wo blieb das Alles,
Als Euch Natur gebar? Die Deutschen hass' ich —
Wenn Ihr ein Deutscher seid — wie kommt es denn,
Daß ich Euch — ach Du Stolzer — sprich,
Bist Du ein Deutscher? Bist Du's?

Dietrich.

Ja und ja!
Ein Sohn der Mark, so echt, als jemals einer
Geboren wurde zwischen Luch und Bruch.

Barbara.

So ändre ich von heute meinen Glauben,
Zu Deutschen mich bekehrend.

Dietrich (bleibt plötzlich vor ihr steh'n).
Barbara —

Barbara.

Ah — dieser Laut — schenk' ihn mir einmal noch —
Wie Echo im Gebirge tönt mein Name
Von Deinen stolzen Lippen.

Dietrich.
Barbara,
Was frage ich nach Deutschland oder Polen?
Was kümmert's Dich? Mein Vaterland bin ich.
Und was ich so in meine Grenzen fasse,
(er umschlingt sie mit den Armen)
Gefangen ist es mir.

Barbara.
Mein Leib bestätigt's,
Der schauernd sich in Deine Arme schmiegt.

Dietrich.
Und soll ich wieder frei Dich geben?

Barbara.
Nein!
Ein jedes Herrenrecht sei Dir gewährt
An Deiner Magd; nur dieses eine nicht:
Mich frei zu geben.

Dietrich.
Schönes stolzes Weib —
Daß nur Dein Vater nicht Jagello hieße,
Nicht König wär'.

Barbara.

Vergieb mir die Geburt.
In freier Liebe ward ich ihm geboren. —

Dietrich.

Das Alles weiß ich; aber wenn ich Dich
Zum Weib erwählte, müßt' ich Dich von ihm
Als Gnade mir erbetteln; und ich kann's nicht:
Ich will nicht mit gebeugtem Höflingsrücken
Vom Boden schlecken eines Fürsten Gunst!

Barbara.

Nichts denn von Gattin! Nimm, was Dir gehört:
Das Weib, das Gott erschuf!

Dietrich (reißt sie an sich, küßt sie).

                Ha, nun hierher!
An dieses Herz und her an meine Lippen!
Ich liebe Dich!

Barbara (ihn leidenschaftlich küssend).

        Mein Held! Mein Herr! Mein Gott!

Dietrich.

In Deiner Seele hab' ich nun gelesen
Und ich erkenne sie am kühnen Zuge
Als mir verwandt. Ja, Du gehörst zu mir
Und ich zu Dir. Wir sind von dem Geschlecht,
An dem die Ketten menschlichen Gesetzes
Nicht haften; unser Wille unser Recht!
Und jene Luft, die Knechtes-Seelen tödtet,
Freiheit, der Lebens-Odem, der uns füllt!

                (Trompeten und Lärm in nächster Nähe.)

6*

Siebenter Auftritt.

Dietrich Schwalbe (kommt durch die Mitte).

Gnädiger Herr!

Dietrich.

Dietrich Schwalbe, wie steht's? Seid Ihr fertig mit den Pommern?

Schwalbe.

'Raus sind sie, Herr, und die von Müncheberg und Bukow besorgen das Uebrige — aber es is noch was Anderes.

Dietrich.

Was noch?

Schwalbe.

Von Alt=Landsberg her kommen die Berliner — und die zwei Sterne sind mitten damang!

Dietrich.

Das Quitzow'sche Banner?

Schwalbe.

Ja, Herr, und vorneweg mit den zwei Burgemeestern von Berlin reitet Einer, und strafe mir Gott, es is kein Andrer als unser junger Herr!

Dietrich.

Mein Bruder?

Schwalbe.

Unser Junker Konrad!

Dietrich.

Wo steh'n sie?

Schwalbe.

Draußen vor'm Thor.

84

Dietrich.

Thore auf und herein und herauf!

Schwalbe.

Gehe schon, Herr — (wendet sich zum Abgang, kehrt wieder um)
unser Junker Konrad, gnädiger Herr!

Dietrich.

Mach' fort, sag' ich.

Schwalbe.

Gehe schon, Herr — so groß war er, als ich ihn's letzte
mal sah. (Ab durch die Mitte).

Dietrich (geht erregt auf und ab).

Die Hand ward angenommen, die ich reichte,
Die Botschaft ward verstanden! Barbara,
Mich dünkt, die Erde bebt?

Barbara.
Ich spüre nichts.

Dietrich.

In Böhmen bebt sie! unter'm Markgraf Jobst!
Jobst, halt Dich fest am Stuhl, er wackelt, Jobst!
Mir ahnt etwas von einem großen Fallen,
Das jetzt in Fürsten-Kronen fahren wird!

Achter Auftritt.
Konrad von Quitzow (stürmisch durch die Mitte).

Konrad
(tritt einen Schritt auf Dietrich zu, blickt ihn mit leuchtenden Augen an).

Dietrich — mein Bruder?

Dietrich (breitet die Arme aus).
Konrad, junges Blut!
(Sie umarmen sich.)

Konrad (ſtarrt ihn an).

Ja, ſo in Träumen hab' ich Dich geſeh'n,
Wenn über Büchern in Probſt Ortwins Zelle
Ich lernend ſaß und Ruhm von Deinen Thaten
Wie Flügelrauſchen an mein Fenſter ſchlug.

Dietrich.

Du warſt ein Kind noch, als Du mich verließeſt,
Wir ſah'n uns lange nicht.

Konrad.

Zehn lange Jahre.
Und dieſer Mann, der ragend vor mir ſteht,
Als hätte die Natur dem Heldenthum
Ein Denkmal aufgerichtet, iſt mein Bruder?
Gewalt'ger Mann — Ehrfurcht und Liebe ſtreiten
Um meine Seele.

Dietrich (wendet ſich lachend ab).

Barbara, ſo hör',
Dein Nebenbuhler. Wie gefällt er Dir?

Barbara.

Gut, denn er ſieht Dir ähnlich, wie die Knoſpe
Der Blüthe.

Konrad (ſieht ſie erſtaunt an).

Wer iſt dieſe Frau?

Dietrich.

Jagello's Tochter, Barbara von Bug,
Gefährtin Deines Bruders.

Konrad (verneigt ſich).

Seid gegrüßt.

Barbara.

Sieh, wie er sich verbeugt — streng nach dem Buch.
Du junges Füllen — so —

(Nimmt seinen Kopf in beide Hände und küßt ihn auf den Mund).

Konrad.

Was thut Ihr, Frau?

Barbara (ihn betrachtend).

Freundschaft mit Dir, Du junges süßes Blut!
O, er hat Lippen, weich wie einer Jungfrau,
Und Augen mit dem finstren Blick der Keuschheit.
Du Knospe in dem Rosenhag der Quitzows,
Hast Du auch Dornen?

Konrad.

Ich versteh' Euch nicht.

Dietrich.

Ob Du auch hassen kannst, das fragt sie Dich?
Du hast bisher von Liebe nur gesprochen.

Konrad.

Und — muß ich Antwort geben, weil sie fragt?

Dietrich.

Willst Du mein Bruder sein, so muß ich wissen,
Ob Du auch Mark zu Feindschaft hast und Haß.
Quitzow hat wenig Freunde auf der Welt.

Konrad.

Er hat so viel er will. Dietrich, mein Bruder,
Ich bringe Freunde Dir.

Dietrich.

Du bringst mir Freunde?

Wer wäre das?

87

Konrad.
Die Männer von Berlin,
Die ungeduldig draußen Deiner warten.

Dietrich.
Ah die — ja so; Freunde seit heute früh.

Konrad.
Nein, alt wie die Natur: Landsleute, Dietrich!

Dietrich.
Landsleute? Barbara, man thut uns Ehre;
Hast Du gehört?

Barbara.
So laß den Knaben schwärmen.

Konrad.
Nicht Schwärmerei — ich spreche Wirklichkeit. —
Ahnst Du denn nicht, wie reich Du bist, mein Bruder?
O hättest Du gesehen, was ich sah —

Dietrich.
Was sahst Du? Wo?

Konrad.
Dort drüben in Berlin,
Wie alle Augen brannten, als Dein Brief
Verlesen ward! O hättest Du gehört
Den Jubelschrei, mit dem von tausend Lippen
Dein Name klang —

Dietrich.
War's so?

Konrad.
Als wenn die Sonne
Plötzlich aufging, so war's, und Dietrich Quitzow,
Das war die Sonne des bedrängten Volkes,

Des armen, blutenden — Dietrich — mir war's,
Als trüge ich Dein Herz in meinem Leibe,
Und jauchzen fühlte ich Dein Herz in mir.

Dietrich (sieht ihn staunend an).

Bei Gott — sind das die Lippen eines Quitzow,
Wo solche Worte wachsen?

Konrad.

O mein Bruder,
Verschmähe nicht die Liebe jener Leute;
Sie bringen Dir das Schicksal ihres Landes,
Daß Du es lenkst! Zum Retter Deines Landes
Und Deines Volkes ruft Dich ihr Vertrau'n!
Heut bist Du Brandenburgs Gewaltigster;
Komm, komm, sie warten Deiner; diese Stunde
Macht Dich zum Helden Deines Volkes! Dietrich —
O komm, tritt unter sie, faß ihre Hände,
Liebe und laß' Dich lieben —

Dietrich (wie oben).

Nun, beim Himmel —
Das Alles klingt, wie aus der andren Welt —?
Konrad, geh hin, ruf' mir die Leute her.

Konrad (umarmt ihn stürmisch).

Dietrich, mein Bruder, ja, es soll gescheh'n!
(Ab durch die Mitte.)
(Dietrich sieht ihm in Gedanken nach.)

Barbara.

Wie nun? Was ist?

Dietrich.

Ich weiß nicht — sonderbar —
Der Junge redet wie mit Feuerzungen.

Barbara.

Es ist ein Kind.

89

Dietrich.

Wohl wahr — man möchte lachen
Und kann's doch nicht. — Wo hat er all' das her?

Barbara.

Aus seinen Büchern.

Dietrich.

Dann sind Bücher Wein;
Sie machen trunken.

Barbara.

Deutsche Herzen freilich
Sind leicht berauscht. — Noch immer in Gedanken?
(Geht zu ihm, legt die Hände auf seine Schultern, sieht ihm in's Gesicht, lacht laut.)
Dietrich — wo weilst Du?

Dietrich.

Warum lachst Du?

Barbara.

Dietrich —
Stadthauptmann von Berlin. —

Dietrich.

Was soll das heißen?

Barbara.

Landsleute? War's nicht so? Dietrich der Quitzow,
Zu stolz — für eines Königs Schwiegersohn,
Der Freund von Krämern! Ueber's Jahr vielleicht
Ein Kettlein schon, wer weiß, für treue Dienste
Als Stadt-Soldat?

Dietrich.

Daß ich sie nicht erwürge
Die Polen-Katze! Still!

Barbara (umschlingt ihn).

Ja, wüthe, tobe!
In Deine Wildheit hab' ich mich verliebt,
Nicht in den zahmen Quitzow! Ist es möglich?
Das haben die Berliner Angel=Fischer
Geschickt gemacht.

Dietrich.

Was machten sie geschickt?

Barbara.

Als sie den großen Hecht, den Quitzow, sich
Für ihre Küche fingen!

Dietrich.

Ha —

Barbara.

Und er —
O, wie er anbiß!

Dietrich.

Eine Falle? Meinst Du?

Barbara.

Wie sie ihn lieben heut, den wack'ren Quitzow,
Der ihre breiten Krämer=Buckel
Vor Hieben schützt und ihre Krämer=Säcke
Vor Feindes Griff —

Dietrich.

Ja freilich —

Barbara.

Aber morgen,
Wenn Frieden ist, dann aus dem Haus den Quitzow!
Den lästigen Gesellen!

Dietrich.

Laß — es ist gut —
Ich bin zurück zu mir! Dies war bei Gott
Die sonderbarste Stunde meines Lebens.

Barbara (schmiegt sich an ihn).
Die thöricht'ste? Nicht wahr?

Dietrich.

Ich glaube wirklich,
Ich war für einen Augenblick verrückt?
Behext — durch wen? Durch einen grünen Jungen!
Ah Narr und Schwätzer!

Barbara (lauscht nach der Mittelthür).

Horch — trapp, trapp, sie kommen;
Ich hör' die plumpen Schritte vor der Thür.

Dietrich (reckt die Arme).
So laß sie kommen; ich bin wieder da.
(Rauh lächelnd).
Bündniß mit Quitzow? Krämerseelen, wißt,
Bündniß mach' ich mit Euch — nicht Ihr mit mir!

Barbara.
Ha, nun gefällst Du mir!

Dietrich.

Geh' ohne Sorgen,
Du hast mich aufgeweckt — nun bin ich wach.
(Führt Barbara nach rechts; sie geht ab).

Neunter Auftritt.
Konrad (reißt von außen die Mittelthür auf).
Herein, Berlin, Dietrich von Quitzow ruft Euch.

Perwenitz, Dannewitz, Rathenow, Blankenfeld, Sechelweg (kommen durch die Mitte.) Reisige (erscheinen hinter ihnen und bleiben in der geöffneten Thür im Hintergrunde stehen.)

Perwenitz.
Nun, Dietrich Quitzow, wir haben Wort gehalten;
Dort ist Euer Bruder.

Dietrich.
Und so halt' ich Wort: seid willkommen! (Streckt ihnen die
Rechte zu.)

Alle.
Recht so! Recht so!

Perwenitz (ergreift seine Hand).
Soll's gelten, Dietrich Quitzow?

Dietrich.
Ja, Henning Perwenitz.

Perwenitz.
Ihr kennt mich noch?

Dietrich.
Ihr schlugt mir an der Tegeler Mühle eine Beule an den Kopf.

Perwenitz.
Und dafür schmisset Ihr mich aus dem Sattel.

Dietrich.
Ich grüße Euch, Hans Dannewitz und Euch, Paul Blankenfeld.

Dannewitz.
Was? Woher kennt Ihr uns?

Dietrich.
Ihr fingt mir einmal zwei Leute weg von der Köpnicker Mark.

Blankenfeld.
Dafür holtet Ihr Euch Viere wieder von meinen aus
Weißensee.

Dietrich.
Freilich, dem reichen Paul Blankenfeld, sagt' ich, thut's
keinen Schaden. Berlin ist reich; was meint Ihr, Veit Sechelweg, der Kämmerer?

Sechelweg.

Teufel und eins, Ihr zählt unsere Namen herunter, als hättet Ihr sie aus dem Buche gelernt.

Dietrich.

Rathmannen, wißt, ich bin um Berlin herumgegangen all' die Jahre lang wie das Kätzlein um den Heerd — und Ihr war't der Braten.

Dannewitz.

Und da habt Ihr Euch erkundigt, von was für Fleisch der Braten war!

Dietrich.

Wem ich einmal unter die Sturmhaube geblickt, den ver= geß' ich nicht wieder.

Perwenitz (zu den Anderen).

Was hab' ich Euch gesagt? Er ist ein Kriegsmann und ein Held!

Dannewitz.

Ja, Ihr müßt wissen, Dietrich Quitzow, Henning Perwenitz ist in Euch verliebt, seit Ihr ihn in den Sand gesetzt.

Dietrich.

Dafür sollt Ihr mich unter den Tisch trinken, wenn's Euch gelingt, in des Rathes Keller zu Berlin!

Perwenitz.

Das ist ein Wort!

Dannewitz.

Ihr seid unser Mann!
(Sie drängen sich um ihn, schütteln ihm die Hände).

Dietrich.

Ich habe Euch vorgearbeitet, die Pommern hab' ich hinaus= geworfen aus Straußberg.

94

Perwenitz.

Das wissen wir und dafür danken wir Euch, und jetzt mit Euch zusammen wollen wir hinter ihnen drein, bis daß sie in Stettin erzählen können, die Mark ist eine Tenne und da wird gedroschen!

Dannewitz.

Und Ihr, Dietrich Quitzow, sollt uns führen!

Alle.

Seid unser Führer!

Dietrich.

Ja denn, so sei's und führen will ich Euch!

(Er erhebt die Rechte).

Von dieser Hand erbettelten sich Fürsten
Bündniß und Gunst — ich schüttelte sie von mir,
Denn Fürsten suchen Diener, Freunde nicht.
Männer Berlins, wir lernten uns erkennen
Wo Männer sich erkennen, in der Feindschaft;
Wir haben Beide uns in mancher Schlacht
Ins Blut geseh'n.
Euer Blut geht seinen Gang wie meinen meins.
Was wir besitzen, danken wir uns selbst,
Drum sind wir frei. Wollt Ihr für meine Freiheit
Einsteh'n wie ich für Eure?

Perwenitz.

Ja!

Alle.

Das wollen wir!

Dietrich (streckt die Hand aus).

Dann Bündniß also?

Alle (ergreifen seine Hand).

Bündniß!

Konrad (tritt hinzu).

Hand auch mir!

Dietrich.

Auf Tod und Leben?

Alle.

Ja! Auf Tod und Leben!

Dietrich.

Kein Säumen denn; zu Roß, den Pommern nach!
Hinaus mit ihnen aus der Mark!

Alle.

Hinaus!

(Ab zur Mitte.)

(Der Zwischenvorhang fällt.)

Verwandlung.

(Ein großer Saal im hohen Hause zu Berlin. Der Hintergrund ist durch eine, von
rothem Vorhang abgeschlossene Tribüne ausgefüllt, zu welcher Stufen emporführen; im
Vorderraume sind rechts und links an den Wänden Musikanten=Tribünen angebracht;
Eingangsthüren rechts und links ganz im Vordergrunde. Hinter dem Vorhang sieht
man Kerzenlicht; der Vorderraum liegt im Halbdunkel; wenn sich der Vorhang nach=
her öffnet, sieht man auf der Tribüne eine strahlende Kredenz=Tafel. Im Vorderraum
stehen Pauken, liegen Trompeten und andere Musik=Instrumente auf dem Boden.)

Erster Auftritt.

Hans Sturz (sitzt mitten im Vorderraum auf einer Tonne). **Köhne Finke** (geht
auf und ab). **Martin der Küfer** (ist mit Küfer=Knechten beschäftigt, Fässer von
rechts her über die Bühne zu rollen und rechts und links unter den Musikanten=
Tribünen aufzustellen). **Musikanten** (in bunter Tracht, füllen in plaudernden
Gruppen den Vorderraum).

Hans Sturz.

Nu mal 'ran hier; ich werde Euch jetzt Eure Instrukschon
geben. (Die Musikanten sammeln sich um ihn). Was das nämlich anbetrifft,
daß man Euch hergeholt hat auf's hohe Haus in die Klosterstraße

und daß Ihr nu hier seid, — so geht Euch das jar nichts an — denn davon versteht Ihr doch nischt — das is Politik. — Aber so dämlich werdet Ihr doch nich sein, denk' ich, daß Ihr nich einseh'n thätet — daß wenn die Stadt Berlin dem Ritter Quitzow ein Fest jiebt und Ihr die Musike dazu machen sollt — daß das eine schauderhafte Ehre für Euch is.

Die Musikanten.

Ja — ja.

Sturz.

Na also. — (Schlägt auf das Faß, auf dem er sitzt; für sich.) Wenn ich man wüßte, was da drin is.

Finke.

Hallet Euch dran, Herr Wachmeister, sie kommen nächstens an.

Sturz.

Wenn also nu der Ritter Quitzow da reingekommen kommt — (Zeigt nach links.)

Finke (zeigt nach rechts).

Sie kommen ja da lang.

Sturz

(fährt mit dem Finger in der Luft nach rechts).

Da 'reingekommen kommt, dann werdet Ihr einen Tusch in die Welt setzen — aber ordentlich — nich so lappig.

Die Musikanten.

Ne — ne.

Sturz.

Was die Paukenisten sind, die blasen in die Pauken und die Zinkenisten hauen auf die Trompeten.

Finke.

Das wird aber ene schöne Musike werden.

Sturz.

Wird es doch; denn wozu bezahlt denn der Rath von Berlin seine Musikanten? Doch nich, daß sie in die Pauken Biersuppe kochen?

Die Musikanten.

Ne — ne.

Sturz.

Na also —

Martin (tritt heran).

Nanu, Herr Wachmeister, sucht Euch mal jefälligst einen anderen Stuhl; wir brauchen das Faß.

Sturz (erhebt sich).

Wenn ich man wüßte, was drin is?

Martin.

Muskateller. (Rollt das Faß zu den übrigen.)

Sturz.

Muskandeller — darum roch es auch so nach Zimmt.

Zweiter Auftritt.

(Von links kommen) **Käthe Dannewitz, Grethe Perwenitz, Rieke Stroband,** **andere Mädchen.** (Alle festlich geputzt.)

Finke.

Alleweile wird's jut — da kommen die Mädchens!

Sturz.

Nanu? Nanu? Nanu? Was wollen denn die?

Käthe (tritt vor ihn hin, knixt spöttisch).

Mit dabei sein!

Sturz.

Ne! Davon steht nisch in die Instrukschon.

Käthe.

Ach papperlapapp!

Finke.

Ja Herr Wachmeister, die schönsten Mädchen von Berlin sollen mit bei das Fest dabei sein, das hat der Magistrat befohlen.

Alle Mädchen.

Seht Ihr wohl?

Finke.

Nu fragt es sich bloß, ob Ihr die schönsten seid.

Käthe.

Alter Grobian!

Finke.

Na, nich räsonnirt! (Er nimmt die Fiedel, geigt und singt).

Von Seide zwei Bändchen,
Von Blumen drei Quentchen,
Die Bänder am Kleide,
Die Blumen am Kopf,
Wer das nicht mag leiden,
Der ist ein Tropf.

Alle Mädchen (klatschen jauchzend in die Hände).

Käthe (knixt vor dem Wachtmeister).

Wer das nicht mag leiden,
Der ist ein Tropf!

Alle Mädchen (umtanzen den Wachtmeister).

Der ist ein Tropf! Der ist ein Tropf!

Finke
(ergreift Rieke an der Hand, zieht sie in den Vordergrund).

Rieke, Putthüneken (will sie küssen).

Rieke.

Ach, Köhne — vor all den Leuten?

7*

Finke.

Sieht Keiner nach uns hin. (Küßt fie.) Ricke, mir hat ein Vogel zur Nacht was gesungen.

Rieke.

Was denn, Köhne?

Finke.

„Zikut, zikut, 's wird Alles noch gut!"

Rieke.

Ach, Köhne.

Dritter Auftritt.

Peter Stummel (kommt eifrig von rechts).

Stummel.

Herr Wachmeester —

Sturz.

Nu kommt auch das noch! Was is los?

Stummel.

Draußen vor's Spandauer Thor steht Einer in einen Reisewagen, und der will rein, und der sagt, er is ein — ein — No — ta — rius.

Sturz.

Was geh'n mir die Notariusse an! Niemand wird mehr 'reingelassen, Majistrat hat's verboten.

Stummel.

Aber er macht enen höllischen Rabatz, und käme aus Böhmen, sagt er, und er hieße Peter Grechewitz, sagt er —

Finke.

Peter Grechewitz? Donner — das ist der Notarius von die

Märkischen Stände, den laßt man 'rein, Herr Wachmeester; das hat was zu bedeuten.

Käthe
(die mit Grethe durch die Thür rechts hinausgegangen war, kommt eilend von da zurück).

Herr Wachtmeister! Sie kommen!

Sturz
(faßt sich mit beiden Händen an den Kopf).

Da haben wir's.

Käthe.
Ein ganzer langer Zug, mit Fackeln!

Sturz (wie oben).
Mit Fackeln!

Stummel.
Aber Herr Wachmeester — der — No — tarius?

Sturz (wie oben).
Der Notarius!

Finke.
Na benn mal vorwärts, die Zinkenisten da 'rauf, auf das Gestell — (zeigt auf die Musikantenbühne links) und die Paukenisten da! (Zeigt nach rechts.)

Musikanten.
Is jut, is jut. (Ersteigen rechts und links mit ihren Instrumenten die Tribünen.)

Stummel.
Aber was sollen wir benn nu mit dem No — tarius machen?

Sturz.
Du Kalbsschnauze Du! Weeßte das noch nich?

Stummel.
Ne, Ihr habt mir ja nischt gesagt.

Finke.

In die Stadt 'reinlaffen follt Ihr ihn, und herbringen auf's hohe Haus in die Klofterstraße.

Sturz.

Na also.

Stummel.

Is jut. (Ab nach rechts).

Finke.

Und nu mal die Mädchen! Hier lang alle miteinander. (Führt die Mädchen an die Thür links.)
(Die Mädchen drängen sich.)

Käthe.

Köhne — ich muß vorne steh'n.

Grethe.

Ich auch!

Alle Mädchen.

Ich auch!

Finke.

Aber Mädchens! Da hört sich ja Alles auf! Die Aelteste kommt nach vorn. (Alle treten zurück). Na ja — nu will Jede die Letzte sein! (Die Mädchen ordnen sich zu einem dichten Haufen). Und nu mal Alle die Schnupptücher 'raus — habt Ihr Alle welche?

Käthe.

Na wir und keine Schnupptücher?
(Sie ziehen die Taschentücher heraus.)

Finke.

Und wenn sie kommen, dann wedelt Ihr in die Luft damit und schreit: „Fifat Dietrich Quitzow!" Werdet Ihr das können? Es is nämlich Latein.

Käthe.

Jott, Kinder, hört doch man den an; der thut sich noch 'nen Schaden vor Schlauheit.

(Von rechts bringt Fackelschein herein.)

Sturz

(der hinausgegangen ist, kommt zurückgelaufen).

Los mit den Tusch! Los mit den Tusch!

(Tusch von Pauken und Trompeten.)

Vierter Auftritt.

Perwenitz, (ihm zur Seite) **Dietrich von Quitzow.** Dannewitz, (ihm zur Seite) **Lippold von Bredow.** Blankenfeld, (ihm zur Seite) **Hans zu Puttlitz.** Seehelweg, (ihm zur Seite) **Konrad von Quitzow.** Rathenow, (ihm zur Seite) **Achim von Bredow.** Klaus Schultze, (ihm zur Seite) **Gerke von Arnim.** Henning Strobanb, (ihm zur Seite) **Werner von Holzendorf,** andere Rathmannen und Edelleute (kommen festlich geputzt, im Zuge von rechts herein. Rathsdiener mit Fackeln gehen zur Seite des Zuges. Sobald der Zug in die Thür rechts eintritt, fliegt der Vorhang, der den Hintergrund abschließt, nach rechts und links auseinander, man sieht die strahlende Kredenz=Tafel).

(Wiederholter Tusch von Pauken und Trompeten).

Die Mädchen (schwenken die Tücher).

Fifat Dietrich Quitzow! Fifat!

(Nochmaliger Tusch.)

Dietrich

(ist in der Mitte der Bühne stehen geblieben, winkt den Mädchen lachend zu).

Heida, die schönen Kinder!

Die Mädchen (wie oben).

Fifat Dietrich Quitzow! Fifat!

Dietrich.

Habe noch selten so artigen Fähnlein gegenüber gestanden (Wendet sich zu den Bürgern). Bürgermeister und Rathmannen von Berlin, Ihr habt uns einen herrlichen Empfang bereitet; wir danken Euch.

(Händeschütteln zwischen den Rittern und den Bürgern.)

Perwenitz.

Dietrich von Quitzow und Schloßgeseff'ne Herren vom Havel-
land, laßt es Euch gefallen, einen Becher Wein anzunehmen
von unferer Stadt Berlin.

(Der Zug schreitet die Stufen zum Hintergrunde hinauf, oben gruppirt sich derselbe
um den Krebenztisch. Alle ergreifen Becher, die auf dem Tisch stehen.)

Perwenitz
(mitten hinter dem Tisch, erhebt den Becher).

Heilands-Blut erlöste die Welt —
Mannes-Blut Ehre und Freiheit erhält —
Trauben-Blut sprengt der Sorgen Joch —
Freudig Blut, schaffend Blut lebe hoch!

Alle.

Hoch! Hoch!

(Sie stoßen mit den Bechern an. Tusch von Pauken und Trompeten.)

Dietrich.

Mannhaft gedacht und kernig gesprochen! Henning Perwenitz,
ich thu' Euch Bescheid. (Hebt den Becher, trinkt.)

(Alle stoßen an; Tusch wie oben.)

Sturz
(kommt von der Thür rechts, geht an die Stufen des Hintergrundes, legt die Hand
an den Mund).

Herr Burgemeister —

Perwenitz.

Was willst Du, Hans Sturz?

Sturz.

Ich habe Konfidenzen zu machen. Da is ein Notarius
jekommen, und er sagt, er kommt aus Böhmen —

Perwenitz.

Hört da, Ihr Herren!

Dannewitz.

Hört!

Sturz.

Und er sagt, er heißt Peter Grechewitz.

Dietrich.

Peter Grechewitz?

Alle.

Grechewitz?

Perwenitz.

Is er da?

Sturz.

Werde jleich zusehen. (Geht nach rechts, laut rufend). Herr No=
tarius Peter Grechewitz! Herr Notarius Peter Grechewitz!
(Geht nach rechts ab.)
(Die Versammlung tritt erregt im Gespräch zusammen; Dietrich, Perwenitz, Puttlitz,
Dannewitz kommen die Stufen herab.)

Dietrich.

Was sagte er? Aus Böhmen?

Dannewitz.

Aus Böhmen käme er, ja.

Perwenitz.

Vielleicht gar aus Prag? Vom Markgrafen Jobst?

Dietrich.

Braucht vielleicht wieder einmal Geld.

Dannewitz.

Aber er kriegt nichts!

Fünfter Auftritt.

Hans Sturz (erscheint in der Thür rechts).

Sturz.

Herr Burgemeister, da bringe ich ihn gebracht. (Tritt nach
rechts zurück.)

Sechster Auftritt.

Peter Grechewitz (ganz in Schwarz gekleidet, kommt von rechts; er lüftet den Hut).

Grechewitz.

Euch zum Gruß, Edle, Feste, Gestrenge und Getreue!

Dietrich.

Willkommen Peter Grechewitz, der Notar!

Perwenitz.

Willkommen!

(Reichen ihm die Hand.)

Dietrich.

Ihr kommt aus Böhmen?

Grechewitz (verneigt sich).

Aus Böhmen.

Perwenitz.

Aus Prag?

Grechewitz (wie oben).

Aus Prag.

Dannewitz.

Vom Markgraf Jobst?

Grechewitz.

Der Markgraf Jobst! O! O! O! O! Edle der Mark,
Feste und Gestrenge von Berlin; Reisestaub deckt meine Füße,
Asche mein Haupt, schwarzes Gewand meinen Leib. Die Axt
ward gelegt an den Baum, und der Baum ist gefallen zur
Tiefe. Seiner Spitze beraubt ward der Berg, seiner Herr-
lichkeit entblößet das Land. Der Durchlauchtige Herr, der
Großmächtige Herr, der Gestrenge Herr, der Sanftmüthige
Herr, Jokobus, Markgraf von Brandenburg und des Lausitzer
Landes ist —

Dietrich.

Jobst ist todt?

Grechewitz.

Weinet, zetert und klagt, Jobokus ist gestorben.

(Pause. Tiefes Gemurmel im Saale.)

Dietrich.

Einen Tusch die Pauken! Einen Tusch die Trompeten!

Grechewitz.

Herr Dietrich von Quitzow?!

Dietrich.

Einen Tusch sag' ich! Warum feiern die Musikanten?

(Tusch von Pauken und Trompeten.)

Dietrich.

Da, Peter Grechewitz, da habt Ihr das Grabgeläute für Markgrafen Jobst.

Grechewitz.

Herr von Quitzow! Mich faßt Entsetzen!

Dietrich.

Verflucht sei Heuchelei, die Mutter aller Feigheit und knechtischen Sinns! Ich habe ihn verachtet, so lange er lebte; soll ich ihn achten, nur weil er starb? Was ist mir der Tod? Ich habe ihn zu meinem Knecht gemacht in fünfzig Schlachten! Ja, und hätte er ihn auf der Wahlstatt ereilt unter flattern= der Sturmfahne — aber so — wie heißt die Krankheit, sagt mir doch, die ihn bezwang? Malvasier oder Muskat?

Perwenitz.

Ja, sehr wahr.

Dannewitz.

Sehr wahr.

(Allgemeines und unterdrücktes Gelächter.)

Grechewitz.

Herr von Quitzow, Herr von Quitzow, wenn es schon wahr ist, daß der höchstselige Markgraf dem Becher nicht abhold war —

Dietrich.

Begrabt ihn in einem Stückfaß! Das ist's, was ihm gehört!

Perwenitz.

Das ist wahr! Das ist gut!

Dannewitz.

Das ist wahr!

Alle.

Ja! ja! ja! (Lauteres Gelächter).

Dietrich
(steigt die Stufen des Hintergrundes hinauf, ergreift den Becher).

Den Becher zur Hand! Angestoßen mit mir, wer ein Mann ist! Der Malvasier soll leben, der uns den böhmischen Hans= wurst vom Leibe gespült hat!

Alle
(stürzen an den Tisch, ergreifen die Becher, stoßen an).

Soll leben! Soll leben!
(Wildes Gelächter.)

Grechewitz (der unten geblieben ist).

O! O! O! O! Wohin, Ihr Herren, wohin soll das führen?

Dietrich.

In die Freiheit, Peter Grechewitz! Wir haben keinen Herrn mehr! Jetzt sind wir frei!

Perwenitz.

Die Freiheit soll leben!

Alle.

Die Freiheit!
(Alles stößt stürmisch mit den Bechern an.)

Zweiter Akt.

Perwenitz (hebt den Becher).

Und der Mann, dessen Hand uns die Pommern vom Halse geschafft hat und dessen Wort uns zur Freude geweckt hat von der dummen Traurigkeit, die keine Traurigkeit war, und der ein Mann ist von Kopf bis zu Fuß und ein Held ist von Leib und Seele — Dietrich Quitzow soll leben hoch!

Alle (mit donnerndem Schrei).

Hoch! Hoch! Hoch!

(Tusch von Pauken und Trompeten.)

Die Mädchen.

Fifat! Fifat! Fifat!

Siebenter Auftritt.

Hans Sturz (von rechts, aufgeregt, schreit aus der Mitte des Saales).

Herr Burgemeister! Herr Burgemeister!

Perwenitz.

Was schreist Du schon wieder? Is noch ein Notar gekommen?

Sturz.

Ne, etwas viel Größeres, etwas ganz Großes! Durch Sanct Jürgens Thor reitet ein Ritter ein mit zwanzig Mann dahinter her.

Perwenitz.

Wer hat ihm das Recht gegeben, einzureiten in Berlin? Wer gab Dir Erlaubniß, Du Esel, dem Ritter zu öffnen, ehe Du mich gefragt?

Sturz.

Weil er doch Einlaß forderte in des Kaisers Namen.

Perwenitz.

Im Namen des Kaisers?

Alle.

Des Kaisers?

(Bewegung.)

Sturz.

Und ein Herold reitet vor ihm her mit dem Reichsadler auf'm Wamms — und da is er schon —

Achter Auftritt.

Ein kaiserlicher Herold (von rechts).

Herold.

Im Namen kaiserlicher Majestät,
Ich heische Einlaß für den edlen Herrn,
Herrn Wend von Ileburg, den Herrn von Rhonow,
Von Muskau, Lübbenau und Sonnenwalde.

Perwenitz (halblaut).

Wir können ihm den Eintritt nicht verweigern, was meint Ihr?

Dietrich (laut).

Ihm den Eintritt weigern? Ei wer denkt daran? Geh hinaus, Du — Dein Herr soll willkommen sein, und daß er unterwegs keinen von seinen Titeln verliert!

Herold.

Ich bringe ihm Bescheid.   (Ab rechts.)

Konrad.

Und Dietrich Quitzow, schlage ich vor, soll sprechen für den Schloßgesess'nen Adel.

Die Edelleute.

Ja! Dietrich Quitzow!

Perwenitz.

Und Dietrich Quitzow, schlage ich vor, soll sprechen für Berlin!

Die Bürger.

Ja, Dietrich Quitzow!

Dietrich.

Und was ich spreche, soll's Euch binden?

Alle.

Ja!

Neunter Auftritt.

Wend von Jleburg (gefolgt von einigen Rittern, tritt von rechts auf. Hinter ihm drängen Leute des Volks und Reisige in die Thür. Unter jenen befindet sich) **Thomas Wins,** (unter diesen) **Dietrich Schwalbe.**

Jleburg
(tritt in die Mitte des Saales, lüftet den Helm).

Gruß Euch zuvor von Kaiser Sigismund.

Dietrich (verneigt sich).

In schuld'ger Ehrfurcht dankt Mark Brandenburg.

Jleburg.

Wer spricht hier für den Schloßgesess'nen Adel
Des Havellands?

Dietrich.

Dietrich von Quitzow, ich.

Jleburg.

Wer für die Stadt Berlin?

Dietrich.

Ich, Dietrich Quitzow.

Jleburg.

Alle durch Euren Mund?

Dietrich.

Ja, wie Ihr hört,
Herr Wend von Ileburg, und Herr von Rhonow,
Von Muskau, Lübbenau und Sonnenwalde.

Ileburg (sieht ihn erstaunt an).
Ihr hörtet, daß Jodok, der Markgraf, starb?

Dietrich.
Durch Peter Grechewitz erfuhren wir's.

Ileburg.
Und daß die Mark zurückfiel an den Kaiser,
Ist Euch bekannt?

Dietrich.
Bekannt und sehr erwünscht.

Ileburg.
So wollt Ihr ihn als Eurem rechten Erbherrn
Gewärtig sein? gehorsam?

Dietrich.
Vorbehaltlich
All' unsrer wohlerworbnen Rechte, ja.

Ileburg.
Und da der Kaiser selbst nicht kommen kann,
Um nach den Dingen in der Mark zu seh'n,
Wollt Ihr Gehorsam zeigen dem Statthalter,
Den er an seiner Stelle sendet?

Dietrich.
Nein.

Ileburg.
Ihr — spracht — daß Ihr gehorsam wolltet sein —

Dietrich.

Dem Kaiser ja, seinem Statthalter nein.

Jleburg.

Ihr — sprecht — im Namen dieser Aller hier?

Dietrich.

Ja, edler Herr von Jleburg und Rhonow,
Von Muskau, Lübbenau und Sonnenwalde.

Jleburg.

Herr, was bedeutet's, daß Ihr meine Namen
Mir so herunterzählt?

Dietrich.

Um Euch zu zeigen,
Daß ich vertraut mit höf'schem Brauch.

Jleburg.

Ich weiß nicht —
Verhandeln wir im Ernste oder Scherz?

Dietrich (tritt an die obere Brüstung).
Seht mir in's Auge — und Ihr fragt nicht mehr.

Jleburg.

Ihr wollt gehorchen — und Ihr wollt es nicht —?
Zweideutig scheint mir das und unverständlich.

Dietrich.

Das wundert mich, denn mir erscheint es einfach:
Des Kaisers woll'n wir sein und Niemands sonst;
Unmittelbar des Reiches wollen wir sein!

Die Edelleute.

Das wollen wir! ja!

Die Bürger.

Ja! Ja! Ja!

Jleburg.
Warum denn wollt Ihr's?

Dietrich.
Weil wir mündig sind!
Weil wir die Erde, die wir selber pflügen,
Selber verwalten wollen! Darum, Herr!
Weil wir es satt sind, daß Mark Brandenburg
Jedem Geld=gier'gen Schuft aus Böhmerland
Verschachert wird, damit er seine Tasche
An uns ersätt'ge! Darum, darum, Herr!

Alle.
Ja, darum! Ja!

Jleburg.
Der Herr, den Euch der Kaiser auserseh'n,
Ein Deutscher ist's, kein Böhme.

Dietrich.
Einerlei!
Blutigel ist Blutigel, Schwamm ist Schwamm!
(Gelächter.)

Jleburg.
Ihr sprächt nicht so verwegen, wenn Ihr wüßtet,
Wer Jener ist, den ich Euch künde.

Dietrich.
Nennt ihn
Und wartet ab, wie ich's aufnehme.

Jleburg.
Friedrich
Von Hohenzollern ist's, Burggraf von Nürnberg.

Dietrich (schlägt an das Schwert).
Wir haben Spielzeug selbst, sagt das dem Kaiser,
Und brauchen keinen Nürenberger Tand!

Perwenitz.

Sehr wahr!

Dannewitz.

Sehr richtig!

(Allgemeines Gelächter.)

Jleburg.

Ihr wißt nicht was Ihr thut und was Ihr redet!

Dietrich.

So weiß ich ganz genau doch was ich will:
Und wenn's Burggrafen regnete vom Himmel,
Sie soll'n uns nicht herein nach Brandenburg!

Putlitz.

Trefflich!

Perwenitz.

Trefflich!

(Gelächter.)

Jleburg.

O Ihr bethörten Männer, warum lacht Ihr?
Ihr kennt Herrn Friedrich nicht.

Dietrich.

Kennt er denn uns?
Hat er uns nachgefragt bis heute? Nein!
In seinem Frankenland hat er gesessen,
Die Nase rümpfend, wie sie's Alle thun
Die Herr'n im Süden drunten, wenn er hörte
Von der Sandbüchse zwischen Luch und Bruch!
Uns aber hat das sand'ge Land geboren,
Wir haben es mit unsrem Blut gedüngt,
Darum gehört es uns! Wir sind die Herr'n!

Jleburg (lächelnd).

Und Dietrich Quitzow Markgraf? Meint Ihr so?

8*

Dietrich
(will die Stufen hinab, auf ihn zuspringen).

Ha!!

Konrad (hält ihn feſt).
Bruder Dietrich!

Dietrich.
Kämt Ihr — nicht vom Kaiſer —
Ihr ſolltet Euer Lachen — wiſſet denn —
Ich brauche keine Krone, wie der Burggraf,
Mein Schlachthelm voller Beulen gilt mir mehr!
Wißt und verſteht, wenn Euer Hirn es faßt:
Ich will nicht Markgraf ſein, weil ich zu ſtolz bin,
Dietrich der Quitzow will ich ſein und frei!

Konrad.
So redet Brandenburg! So ſpricht ein Held,
Lauſitzer Herr, verſteht es, wenn Ihr könnt!

Ileburg.
Ja, ich verſteh' Euch ganz; das iſt die Sprache
Der Zügelloſigkeit und Rebellion!
Nicht der Statthalter iſt's, den Ihr verwerft,
Ihr weigert Euren Nacken dem Geſetz.

Dietrich.
Geſetz — Geſetz — ſo wißt, daß ich auf Erden
Nichts ſo verachte wie das Wort Geſetz!
Geſetz iſt Bündniß aller feigen Memmen
Wider den ſtarken, muth'gen, freien Mann!
Die Freiheit, aller Kön'ge Königin,
Sie ward zur niedren Magd durch das Geſetz.
So geb' ich Heimath ihr auf Märkſcher Haide,
Mit dieſem meinem Arm umſchling' ich ſie
Unlöslich, daß wir ſterben gleichen Todes,
Und Dietrich Quitzow ſei ihr letztes Wort!

(Pauſe.)

116

Jleburg (blickt umher).

Und diesem Mann der Willkür und Gewalt
Hat eine Bürgerschaft sich anvertraut,
Die selber sich Gesetze schrieb und Ordnung?

Dietrich.

Zu mir habt Ihr zu reden, nicht zu Jenen!

Jleburg (wie vorhin).

So laßt Ihr Euch den Mund von ihm verbieten?
(Tiefe Stille.)

Jleburg (zu Dietrich).

Ich habe nichts mit Euch mehr zu verhandeln;
Nur diese Frage noch: seid Ihr bereit,
All' Euren unerhörten Uebermuth
Vor Burggraf Friedrich selber zu vertreten?

Dietrich.

Ihm in den Bart, wenn einen Bart er hat,
Will ich es sagen, daß die Hof-Schmarotzer,
Die um ihn sind, in Ohnmacht fallen sollen!

Jleburg.

So lad' ich Euch und diese Edel-Herren
Und Dich, Berlin, von heut in vierzehn Tagen
Nach Brandenburg vor Burggraf Friedrichs Stuhl.

Dietrich.

Zu welchem Zwecke sind wir eingeladen?

Jleburg.

Zur Huldigung.

Dietrich.

Zur Huldigung? Hahaha!

Jleburg.

Ihr sollt mir Antwort geben, ob Ihr kommt.

Dietrich.

Ja denn! Wir kommen!

Jleburg.

Gut, so bin ich fertig.

Dietrich.

Ich aber bin nicht fertig noch mit Euch!
Wir werden kommen; rathet ihm in Gutem,
Er soll es nicht erwarten, rathet's ihm!
Wir kommen, aber mit uns kommt der Sturmwind,
Der ihn ausfegen soll aus Brandenburg!
Er hüte sich — kein Kaiser wird ihm helfen,
Wenn ihn der Haide-Wind am Kragen faßt
Und ihm die Glieder durcheinander schüttelt!
Das sagt ihm — und nun geht — Ihr seid entlassen.

Jleburg (fährt auf).

Entlassen —? Nun — 's ist gut.
(Rasch ab nach rechts.)

Dietrich.

Ja! Es ist gut,
Ihr, denk' ich, wißt Bescheid! Und nun, Ihr Alle,
Ihr hört, was dieser Burggraf von uns heischt.
(Er zieht das Schwert, in der Scheide, aus dem Wehrgehänge.)
Hier auf den Kreuzgriff meines guten Schwertes
Leg' ich die Hand und also schwöre ich:
Ich will ihn nicht als meinen Herrn erkennen!
Ich biet' ihm Trotz! Ich weig're ihm die Huldigung!
Heran, und schwört mir nach! (Zu Konrad). Quitzow beginnt.

Konrad
(legt die Hand auf Dietrich's Schwertgriff).

Mein Eidschwur hier: ich weig're ihm die Huldigung.

Dietrich (wendet das Haupt).

Die Herr'n von Bredow?

118

→ **Zweiter Akt.** ←

Lippold von Bredow.
Wir berathen noch.

Dietrich.
Die Stadt Berlin?

<small>(Flüsternde Berathung unter den Bürgern.)</small>

Dietrich.
Ihr wißt, wir schlossen Bündniß
Auf Tod und Leben?

Perwenitz und Dannewitz
<small>(treten heran, bereit, die Hand auf Dietrichs Schwert zu legen).</small>

Wins <small>(schreiend).</small>
Schwöre nicht, Berlin!!

<small>(Alle Häupter wenden sich nach ihm.)</small>

Dietrich.
Wer sprach da?

Wins <small>(tritt vor).</small>
Ich.

Dietrich.
Wer bist Du?

Wins.
Thomas Wins,
Von Straußberg Burgemeister.

Dietrich.
Tritt zurück,
Und halt' Dich still, Du hast hier nicht zu reden.

Wins.
Hier, wo sich's handelt um mein Fleisch und Blut,
Hier hab' ich nicht zu reden?

Dietrich.

Nein, noch einmal!
Straußberg ist meine Stadt, Du bist mein Mann.

Wins (drückt die Hände an die Schläfen).

Aefft mich ein Spuk? Ich steh' in meinen Gliedern,
Mein Athem kehrt aus Gottes weiter Luft
In mich zurück, ich fühle mich in mir —
Und Einer sagt, ich bin nicht mehr mein Eigen,
Nicht frei mehr?
(Läßt die Hände sinken, zu Dietrich.)
Ha woburch? Seit wann und wie?
Kraft welchen Rechts?

Dietrich.

Kraft Ritterfehde=Rechts!
Weil zweimal Straußberg ich für mich erobert!

Wins.

Das also ist es, was Du Freiheit nennst?
Du Räuber meines Rechts!

Dietrich.

Du Hund —

Wins.

Du Wolf!

Dietrich.

Elender Knecht, Du redest Dich um's Leben!

Wins.

Du lügst Dich um die Seele, wenn Du sagst,
Ich sei Dein Knecht, denn ich bin frei wie Du!

Dietrich (will sich auf ihn stürzen).

Ha —

Konrad (hält ihn zurück).

Dietrich!

Perwenitz.

Herr von Quitzow! Thomas Wins,
Geht, seid vernünftig!

Wins.

Schande der Vernunft,
Die mir mit Gründen mein Gefühl beschwatzt!
(Er sinkt in die Knie, hebt die Hände empor.)
Gott, Du im Himmel, hab' ein Einseh'n, Gott!
Ich bitte nicht um Reichthum, Gut und Geld,
Nur daß wir Menschen bleiben, Freiheit, Freiheit!
Ich weiß von Friedrich nichts, dem Hohenzollern,
Du aber schaffst die Menschen Dir zum Werkzeug,
Mach' ihn zu einem guten Werkzeug, Gott!

Dietrich.

Schreist Du zu Gott für ihn, den ich verwerfe?
Hast Du mich nicht gehört?

Wins (auf den Knieen).

Weil ich Dich hörte,
Bet' ich für ihn! Weil Du ihm Huld'gung weigerst,
Huld'ge ich ihm, auf daß er uns erlöse
Von Dir, Du Geißel und Du Unterdrücker!

Dietrich
(springt auf ihn zu, legt die Hand auf seine Schulter).

Dir stopfe ich den Mund! Her, Dietrich Schwalbe
Und Quitzows Volk!
(Dietrich Schwalbe, gefolgt von Quitzow'schen Reisigen, tritt heran.)

Stroband.

Was thut Ihr, Dietrich Quitzow?

Dietrich.

Ich lege Hand auf den hier, meinen Mann,
Der schnöde sich an seinem Herrn verging!

Stricke an seinen Leib und nach Burg Friesack
In den Thurm mit ihm!

Wins.

Berlin! Das ist das Siegel,
Das Quitzow drückt auf seinen Bund mit Dir!
(Die Quitzow'schen Knechte ergreifen ihn und schnüren ihm die Arme auf den Rücken.)

Stroband.

Wo ist der Burgemeister von Berlin,
Der solche Schande zuläßt?

Perwenitz.

Herr von Quitzow,
Der Mann ist unser Gast!

Dietrich.

So ladet künftig
Euch beßre Gäste ein! Mit meinem Knecht
Setz' ich mich nicht zu Tisch!

Stroband.

Nicht Euer Knecht!
Der Mann ist frei! Ihr sollt nicht! Dürft nicht!

Dietrich.

Darf nicht?
Den Hund nicht zücht'gen darf ich, der mich anbellt?
Daß Ihr es wißt: Quitzow darf, was er will!

Stroband.

Hängt ihn am Galgen auf, den Unverschämten!

Dannewitz.

Gebt uns den Mann heraus!

Sechelweg.

Den Mann heraus!

Alle Bürger (lärmend).

Den Mann heraus!

Dietrich.

Schreit, daß Ihr berstet!
Eh' sollt Ihr mir den Arm vom Leibe reißen,
Bevor Ihr den bekommt!

Perwenitz.

Wir waren Freunde —
Ihr thut uns Schmach, Ihr brecht den Frieden, Quitzow,
Ihr brecht das Bündniß, das Ihr uns beschwurt!

Dietrich.

Ihr selbst Euch Schmach! Ihr seid wortbrüchig! Ihr!
Wer meinen Feind nicht haßt, kann nicht mein Freund sein!
Euch aber halt' ich an beschworner Pflicht
Und die heißt Feindschaft mit dem Hohenzollern!

Stroband.

Das unsre Pflicht? Wer sagt das?

Dietrich.

Euer Eid!

Dannewitz.

Wir schwuren darauf nicht!

Dietrich.

Auf Tod und Leben
Habt Ihr geschworen!

Perwenitz.

Aber nicht auf Knechtschaft
Und nicht, wie's Euch beliebt!

Dietrich.

Auf Tod und Leben.

Perwenitz.

Berlin gehört nicht Euch!

Dietrich.

Auf Tod und Leben!
Ich markte nicht, Eidschwur ist keine Waare!
Ihr habt mich auserwählt zu Eurem Führer,
Mein wurde Euer Wille, Eure That,
Mein Leben nahm das Eure in sich auf.
Und also auf dem Tag zu Brandenburg
Erwart' ich Euch. Dort wird die Ehre sitzen —
Seht zu — daß Ihr vor ihr bestehen könnt!
Und deß zum Pfande nehm' ich, greif' ich diesen,
Den lauten Mund der widerspenst'gen Seele,
Die in Euch gährt —

Stroband.

Ihr sollt nicht!

Dannewitz.

Dürft nicht!

Alle Bürger.

Nein!

(Die Bürger legen Hand an Wins, nm ihn den Reißigen zu entreißen.)

Dietrich

(springt dazwischen, zieht das Schwert).

Wenn er nicht sterben soll vor Euren Augen,
Die Hand von ihm!

(Alles weicht zurück. — Pause.)

Dietrich.

In Friesack sucht Euch diesen —
Euch finde ich am Tag zu Brandenburg!

(Die Reißigen ziehen Wins empor, um ihn fortzuschleppen.)

(Vorhang fällt.)

_____

Ende des zweiten Aktes.

Dritter Akt.

(Eine Halle auf Burg Friesack. Eine Thür im Hintergrunde, welche auf den Hof führt, eine Thür vorn links. In der linken Seitenwand ist ein Gitter, welches eine in die Tiefe führende Treppe, den Eingang zum Burgverließ, abschließt; in dem Gitter ist eine Thür. An der Hinterwand der Halle läuft eine Holzbank entlang; rechts ein Fenster.)

Erster Auftritt.

Frau Gertrud Wins (schwarz gekleidet, steht vorn). **Agnes** (ebenfalls schwarz ge= kleidet, steht an dem Gitter, über dasselbe gebeugt, in die Tiefe blickend). **Quitzow'sche Knechte** (unterhalten sich flüsternd, auf die Frauen im Vorbergrunde deutend).

Agnes (hinuntersprechend).

Du dort unten, begraben in Nacht, Vater, höre Dein Kind!

Gertrud (ohne sich zu wenden).

Agnes, laß ab, Menschen=Stimme dringt nicht durch Quadern und Felsgestein.

Agnes (wie vorhin).

Vater, ich suche Dich; höre Dein Kind!

Gertrud

(tritt zu ihr, führt sie von dem Gitter nach vorn).

Komm, Kind, komm hinweg; Du bringst dem Vater keinen Trost, und Verzweiflung in Deiner Mutter Herz — wir sind ohnmächtige Frauen.

(Sie halten sich schweigend umschlungen.)
(Pause.)

125

Zweiter Auftritt.

Dietrich Schwalbe (kommt von links).

Gertrud.

Wart Ihr bei ihm? Habt Ihr ihm gesagt —?

Schwalbe (schüttelt den Kopf).

Ja — aber es is nichts.

Gertrud.

Er giebt meinen gefangenen Mann nicht frei?

Schwalbe.

Nein.

Gertrud.

Habt Ihr gesagt, daß ich um Gehör flehe?

Schwalbe.

Ja — aber er will nich.

Gertrud

(faßt sich plötzlich an's Herz, wankt).

O, mein Gott! O, mein Gott!

Agnes (beugt sich über sie).

Mutter! Mutter!

Schwalbe.

Wenn der einmal nein jesagt hat, denn kann der Deibel von unten und der Herrjott von oben kommen — sie kriegen's nich fertig, daß er ja sagt.

Gertrud.

Kein Erbarmen! Keine Rettung! Keine Hoffnung!

Schwalbe.

Geht man nach Haus jetzt; da is nichts zu machen.

Gertrud.

Und das ist Alles, was Ihr übrig habt für eine ver=
zweifelnde Frau? Und wann werden wir ihn wiedersehen?

Schwalbe.

Das weiß ich nich.

Gertrud.

Wie lange soll er liegen dort unten im gräßlichen Loch?
Wann werdet Ihr ihn freigeben?

Schwalbe.

Das weiß nur Dietrich Quitzow und Niemand sonst.

Gertrud (steht auf).

Gott im Himmel, Gott! Sind das Menschen, die Du ge=
schaffen? Sind das Herzen im menschlichen Leib?

Agnes (fällt ihr um den Hals).

Ruf' nicht zu Gott, Mutter! Er hat ihn vergessen und uns;
wir werden den Vater nie wiedersehen. Niemals!

Gertrud.

Agnes, wenn Du wahr sprächest!

(Tiefe Pause. Man hört das Schluchzen der beiden Frauen).

Schwalbe (nach dem Hintergrund.)

Da draußen kommt Jemand, seht zu, wer es is.

(Einer von den Knechten öffnet die Mittelthür).

Dritter Auftritt.

Konrad (kommt durch die Mitte).

Schwalbe.

Es is unser Junker Konrad.

Agnes.

Mutter, blick auf!

Gertrud (wendet sich).

Der Heiland! Unser Herr!
O gnäb'ger Herr, o gnadenreicher Herr!
(Fällt ihm zu Füßen.)

Konrad.

Frau Trube Wins? und Jungfrau Agnes? Ihr?
(Zu Schwalbe.)
Liegt Thomas Wins denn immer noch gefangen?

Gertrud.

Noch immer! Ja! Gott segne Eure Lippen
Für diese Frage! Herr, ein alter Mann,
Ein armer Mann! Mühsal und Noth und Arbeit,
Das war sein Leben bis zum heut'gen Tag.
Und jetzt am Ende seiner alten Tage,
Da Andre rasten von des Lebens Müh',
Im Kerker, wie ein Dieb und schlechter Mann!
Herr, Herr, ich habe Thränen nie verschwendet,
Ein Leben, wie das unsrige macht hart —
Doch es giebt Stunden, die man nicht erträgt!
Da weint man Blut! O hört! O fühlt! O rettet!

Konrad.

Ihr armen Frauen, Ihr unglücklichen.
Steht auf, Frau Trube.

Agnes (kniet neben ihr nieder).

Nein, ich kniee mit ihr;
Konrad von Quitzow, rettet meinen Vater!

Konrad.

Ich bin nicht der Gebieter seines Schicksals;
Nur für ihn bitten kann ich. Auf, steht auf,
Das will ich thun.

Gertrud (ergreift und küßt seine Hand).

Die Hand —

Konrad.

Nicht also — laßt —

Gertrud.

Die Hand, daß ich sie küsse, diese Hand!
Sie ist so jung und dennoch heilt sie Wunden
Wie das erfahrene Alter. Sprecht für uns —
Armuth hat keine Stimme, die man hört,
Armuth hat keine Hand, um sich zu helfen,
Sie hat nur Fleisch und Bein, um Schmerz zu fühlen
Wenn man zu Tod sie tritt — und das thut weh —
O bitter, Herr — o bitter, Herr —

Konrad.

Ich weiß es.

Vierter Auftritt.

Dietrich (von links).

Agnes (verbirgt ihr Gesicht).
Mutter! Der Quitzow!

Gertrud.

Schütz' uns, Gott im Himmel!

Konrad.

Steht auf, reicht Eure Hände, fürchtet nichts.
(Beide Frauen erheben sich, Konrad steht zwischen ihnen, ihre Hände haltend.)

Dietrich.

Ein sonderbarer Anblick — in der That.
(Zu Schwalbe).
Befahl ich nicht, die Frauen fort zu schicken?

Schwalbe.

Ja, Herr — doch — da kam unser Junker Konrad.

Dietrich (zu Konrad).

Und Du behieltst sie hier?

Konrad.

Ja, Dietrich.

(Pause.)

Dietrich (zu den Frauen).

Geht!

Gertrud.

O nein — aus Gnade —

Dietrich (tritt einen Schritt auf sie zu).

Soll ich's zweimal sagen?

Agnes

(stürzt auf die Mutter zu, reißt sie zurück).

Mutter!

Gertrud.

O Jesus!

(Sie halten sich zitternd umschlungen.)

Konrad (tritt zu Dietrich).

Dietrich, sieh doch hin —

Dietrich.

Was soll ich seh'n?

Konrad.

Der jammervolle Anblick,
Wie sie verschüchtert steh'n vor Deinem Blick.

Dietrich.

Ich will nichts von den Winsel-Weibern wissen.

Konrad.

Gewinsel? Dieses tiefe, große Leid?
Weißt Du denn nicht, um wen die Thränen fließen?

Dietrich.

Warum behängst Du Dich mit diesen Weibern
Und stellst Dich zwischen sie und meinen Willen?

Konrad.

Weil es so traurig ist, daß sie Dich fürchten
Und immer nur Dich fürchten sollen, Dietrich,
Da sie viel mehr Dir geben könnten.

Dietrich.

Was?

Konrad.

Dankbare Liebe.

Dietrich.

Kommst Du mir schon wieder
Mit dem Geschwätz?

Konrad.

Mein Bruder, sei doch milde,
Du bist so stark, darfst milde darum sein.
Aus jenen Augen dort, in Thränen schwimmend,
Blickt Dein verhärmtes Vaterland Dich an.
Du kannst ihr Herz zermalmen — thu' es nicht,
Denn dazu braucht es keines Heldenarmes;
Du kannst die Thränen stillen — thu's, mein Bruder,
Ein Wort — so ist's gethan.

Dietrich.

Ein Wort? Und welches?

Konrad (legt den Arm um ihn).

Der alte Mann dort unten —

Dietrich.

Thomas Wins?

9*

Konrad.

Gieb ihm die Freiheit wieder.

Dietrich.

Bist Du toll?

Konrad.

Er kränkte Dich — ich weiß — seit einer Woche
Hältst Du im Kerker ihn — er hat gebüßt.

Dietrich (macht sich hastig von ihm los).

Gebüßt? Frag' über Jahr und Tag nach ihm!

Gertrud (stürzt sich vor ihm nieder).

Nein, aus Barmherzigkeit! Nicht so! Nicht so!

Dietrich.

Wer Hand in's Feuer steckt, verbrennt die Finger!
Wer Quitzow angreift, spielt um seinen Kopf!
Hinaus mit Euch!

Gertrud (klammert sich an Konrad).

O rettet! rettet!

Konrad.

Dietrich!

Dietrich.

Du warst zu lange in des Pfaffen Schule,
Das merk' ich! Ist das Blut von Quitzow's Blut?
Das schäumt nicht wider den Beleidiger?
Das bettelt noch für ihn?

Konrad (auffahrend).

Wer bettelt?

Dritter Akt.

Dietrich.

Du!
Ich habe eine Antwort nur für Kränkung,
Und die heißt Rache!

Konrad.

Rache laß dem Schwächling,
Der nichts besitzt, als sein erbärmlich Selbst!
Du hast viel mehr, bist mehr.

Dietrich.

Der Knaben-Dünkel,
Der mich schulmeistern will! Ich bin der Quitzow!
Nichts Anderes war ich, bin ich, will ich sein!

Konrad.

Du darfst nicht so mehr sprechen!

Dietrich.

Darf nicht? Was?

Konrad.

Dietrich, Du bist das Schicksal Deines Volkes.

Dietrich.

Mein Volk! Mein Volk! Das thörichte Gerede!
Wo ist mein Volk?

Konrad.

Dort war es, zu Berlin,
Wo wir Schwurfinger legten auf Dein Schwert,
Wo Du für Brandenburg das Wort geführt!

Dietrich.

Was schiert mich Brandenburg?

Konrad (tritt auf ihn zu).

Dietrich!!

133

Dietrich (stutzt).

Was willst Du?

Konrad.
Dich vor Dir selber warnen! Sprich nicht so!

Dietrich.
Das klingt ja fast wie Drohung?

Konrad.
Und wer war's,
Der es nicht dulden wollte, daß die Mark
Verschachert würde? Und wer war der Mann,
Der die Sandbüchse zwischen Elb' und Oder
Sein Land genannt? gedüngt mit seinem Blut?

Dietrich.
Und soll ich darum Alles Bruder nennen,
Was auf zwei Beinen in der Mark umherläuft?

Konrad.
Ist Deine Mutter nicht mehr Deine Mutter,
Weil sie noch Kinder zeugte neben Dir?

Dietrich.
Was mir nicht ganz gehört, gehört mir gar nicht!
Alles, was Du mir sagst, versteh' ich nicht,
Weil ich's nicht fühle. Eins nur fühl' ich ganz:
Das bin ich selbst. Ich bin mir Brandenburg!
Und will das Krämer=Volk in Stadt und Dorf
Antheil dran haben, gut, so laß sie kommen
Und bitten drum.

Konrad.
Sie brauchen nicht zu bitten,
Sie haben Recht am Vaterland, wie Du!

Dietrich.

Du Schulbank-Weisheit, komm' heraus in's Leben.
Lern' Quitzow werden!

Konrad.

Und Du Sohn der Mark,
Komm' Du heraus aus Deinem engen Selbst,
Und lerne Pflicht!

Dietrich.

Pflicht?

Konrad.

Vaterlandes-Pflicht!

Dietrich.

Pflicht für den Knecht! Wer sich als Saumthier fühlt,
Der trage Last! Wer mir den Kappzaum anlegt,
Der nehme sich in Acht, ich schlage aus.
Dietrich der Quitzow will ich sein und frei!

Konrad.

Und nichts als das! Und immer nichts als das?

Dietrich.

Nein, nichts als das! Du Thor, Du Knabe, nichts!
Denn das ist eine Welt! Das ist der Adel
Der Mannes-Freiheit in der Mannes-Kraft!
Die Freiheit, die in meiner Seele athmet,
Hat eine Lunge, die den Himmel braucht,
Den ganzen, unermeßnen! All' die Worte:
Pflicht, Volk und Vaterland sind dumpfe Kammern,
Die Ihr in's weite Land der Freiheit bautet;
Ich aber breche Euch die Thüren ein;
In Euren Kammern hab' ich keinen Athem;
Ich will davon nichts wissen, fort damit!

Konrad (blickt ihn schweigend an).
(Pause.)

135

Konrad.

Nun fühl' ich, daß ich wirklich bis zur Stunde
Ein Träumer war — heut bin ich aufgewacht.

Dietrich.

Ich wünsche Glück!

Konrad.

Thu's nicht —
Denn als ich Dich im Traume sah,
Erschienst Du anders mir, o anders —
Als jetzt, da ich Dich sehe, wie Du bist!

Dietrich (tritt auf ihn zu).

Was soll das?

Konrad
(sieht ihm mit kaltem Lächeln, die Arme über der Brust kreuzend, in die Augen).

Meinst Du, daß Du mich erschreckst
Mit Deinem Blick? Mein stolzer Bruder Dietrich,
Irre Dich nicht. Ich stand vor Deinem Auge
In Ehrfurcht einst und Scheu — Angst aber lernte
Konrad von Quitzow auf der Schulbank nicht.
Auch nicht vor Dietrich Quitzow — hörst Du wohl?

Dietrich.

Bei Gott, ich glaube, dieser Knabe droht mir?

Konrad (furchtbar).

Nicht Knabe mehr! Du hast den Mann geweckt
Und er heißt Quitzow!!

(Er streckt plötzlich die Arme aus.)

Dietrich.

Dietrich (bleibt starr und finster stehn).

Konrad (läßt die Arme sinken).

Es ist aus!

(Er wendet sich zu Gertrud und Agnes Wins).

Ihr armen Frau'n, um Euch thut es mir leid;

Für Euch ist hier nicht Rathen mehr noch Hoffen.

(Er faßt Agnes an der Hand, zieht sie an sich.)

Du zitternde Gestalt, Du bleiches Antlitz,
Augen, vom herben Kummer wund geküßt,
Jungfrau, so schließ' ich Dich in meine Arme —
Und so in Dir umarm' ich Brandenburg!

(Er umfängt sie, drückt sie an sich.)

Dietrich der Quitzow will von Dir nichts wissen,
Komm her zu mir, an Konrad Quitzow's Herz!

Dietrich.

Die Dirne fort aus Deinem Arm! Ich will's!

Konrad.

Du willst? So lerne heut die Schranke kennen,
An der Dein Wille scheitert: ich will nicht!

(Zu Agnes.)

Du zitternd Herz an meiner Brust, sei ruhig,
Befürchte nichts.

Agnes.

    Du Kraft, Du Muth, Du Güte,
Ich bin so ruhig wie in Gottes Schooß.

Dietrich.

Ich dulde sie nicht länger auf Burg Friesack.
Fort mit den Weibern!

Konrad.

    Ja, sie werden geh'n,
Und führen werde ich sie.

Dietrich.

    Und wohin?

Konrad.

Wo sie den Richter finden.

Dietrich.
Einen Richter?

Konrad.
Ja, einen Richter muß die Armuth haben,
Sonst stirbt sie an sich selbst. Wer Recht verweigert,
Treibt in Verzweiflung, und Verzweiflung
Vergiftet diese Welt.

Dietrich.
Wer ist der Richter?

Konrad.
Einst habe ich geglaubt, Du solltest's sein.
Dietrich, das Schicksal stand an Deiner Thür
Und trug das Amt Dir an, das heil'ge Amt.
Du aber schlugst es aus, Du wolltest nichts
Als nur Du selber sein — Dietrich — noch einmal —
(Fällt plötzlich vor ihm nieder, ihn umgreifend.)
Zum letzten Male höre meine Stimme,
So tiefe Liebe, wie Dich hier umschlingt,
Umarmt Dich niemals wieder — sei nicht Rächer,
Sei Richter! Uebe Recht und nicht Gewalt!
Bruder, sei groß, Natur schuf Dich zur Größe,
Sei Richter über Dir und jenem Mann!

Dietrich (nach kurzer Pause).
Und — Thomas Wins?

Konrad.
Ja, Bruder.

Dietrich.
Ah, hinweg!

Konrad (erhebt sich langsam).
Kommt denn, Ihr Frau'n. — Ihr weint um Mann und Vater,

Ich um den Bruder — unser Schmerz ist gleich.
(Zu Dietrich.)
Zu Brandenburg, wohin ich diese führe,
Sollst Du uns wiederseh'n.

Dietrich.
Zu Brandenburg?
Was willst Du dort?

Konrad.
Den Richter diesen suchen.

Dietrich.
Du sprichst — vom Hohenzollern?

Konrad.
Das kann sein.

Dietrich.
Zu seinen Füßen willst Du niederkriechen?

Konrad.
Ich sah die Welt bis heut mit Deinen Augen;
Nun will ich diesen Hohenzollern mir
Mit eignen Augen anseh'n.
(Wendet sich mit Gertrud und Agnes zum Abgange nach dem Hintergrunde.)

Dietrich (zu den Knechten).
Thüre zu!
(Die Knechte stellen sich vor die Thür im Hintergrunde).

Konrad.
Wer wagt es, Quitzow in den Weg zu treten
Auf Quitzows Burg?
(Er winkt; die Knechte weichen zur Seite.)

Dietrich.
Ich wag' es!
(Er stürzt auf die Thür zu. Bevor er dieselbe erreicht, tritt Konrad ihm, die Hand
drohend erhoben, entgegen; Dietrich stutzt und bleibt steh'n.)

Konrad.

Hüte Dich!

(Konrad und Dietrich stehen sich schweigend gegenüber, sich mit flammenden Blicken
messend.)

Dietrich (langsam).

Ha, wenn ich dächte, daß es möglich wäre,
Daß Du, vergessend Eid und Blutes-Pflicht,
Meineidig würdest —

Konrad.

Sorge für Dich selbst;

Denn wenn es denkbar wäre, daß mein Eid
Mich eines Tages gereute — diesen Tag
Beschwöre nicht herauf — den fürchte — den fürchte!

(Konrad geht, die beiden Frauen an den Händen fassend, die Augen unablässig auf
Dietrich gewandt, langsam auf den Hintergrund zu; Dietrich starrt ihm regungslos nach.)

(Der Zwischenvorhang fällt.)

Verwandlung.

(Eine Landschaft in der Nähe der Stadt Brandenburg. Der vordere Theil der Bühne
ist frei; von der Mitte der Bühne steigt ein, die ganze Breite und Tiefe der Bühne
ausfüllendes Hügelland auf, zu welchem aus dem Vordergrunde ein Fußpfad hinauf-
führt. Auf der Anhöhe links, in der letzten Coulisse, der Eingang zum schwarz- und
weißen Zelte des Hohenzollern. Im Hintergrunde die Havel; an dieser erheben sich die
Thürme der Stadt Brandenburg. Die Anhöhe ist mit Bäumen bestanden; es ist
grauender Tag.)

Erster Auftritt.

Friedrich, (hinter ihm) **Ileburg** (treten aus dem Zelt. Friedrich ist einfach, ohne
die Abzeichen seiner Würde gekleidet).

Friedrich.

Niemand begleite mich, laßt mich allein.
(Ileburg wendet sich zurück.)
Sagt mir noch eins: die Stadt, die ich dort sehe —

Jleburg.

Ist Brandenburg.

Friedrich.
Und jener Strom?

Jleburg.

Die Havel.

(Jleburg tritt auf einen Wink Friedrich's in das Zelt zurück, deſſen Thür ſich hinter
ihm ſchließt.)

Friedrich (blickt auf Strom und Stadt).

An dieſem Strom ward Brandenburg geboren —
Mark Brandenburg, ſo blick' ich Dir ins Herz —
Sie haben mich gewarnt vor dieſem Lande
Und ſagten mir, ſein Herz ſei rauh und wild —
Du aber haſt mich an dies Land gewieſen,
Allmächt'ger Gott; aus meiner eignen Bruſt
Nehm' ich das Herz voll Willen, Kraft und Liebe
Und pflanze es in dieſes Landes Boden
Wie einen Samenkern, der Früchte treibt,
Daß Niemand künftig mehr zu ſcheiden wiſſe,
Was Brandenburg empfing von Hohenzollern
Und Hohenzollern Brandenburg verdankt.
Du Land des Sandes, Du verhöhnt, verachtet
Von denen, die in Reichthums Armen ruh'n,
Hier beug' ich Dir mein Knie —

(läßt ſich auf ein Knie nieder)

mit meinen Händen
Ergreif' ich Dich —

(greift an den Boden und hebt eine Hand voll Sand auf)

und hier, wo nur das Auge,
Das ſchlummerloſe Deines Gottes und meines
Auf uns herniederſieht, wo nur das Ohr
Des ewig wachen Gottes mich vernimmt,
Schwör' ich Dir Treue, Brandenburger Land. —
Ja, Du biſt arm, Dich ſchmücken nicht Gebirge,

Nicht üpp'ger Wiesen Saft und schwellend Grün —
In Deinen Söhnen nur, in Deinen Töchtern
Ruht all' Dein Reichthum — schenke mir Dein Volk.
Märkische Erde, Dir vermähl' ich mich!
Die Pflugschar nehme ich in meine Hände,
Du sollst mir fruchtbar werden, dürrer Sand:
Wo Stahl gepflügt, da werden Männer wachsen,
Wo Pflicht geschenkt, wird Dankbarkeit empfangen,
Wo Liebe sä't, wird Treue aufersteh'n.

(Die Sonne steigt langsam hinter den Thürmen Brandenburgs empor; Friedrich erhebt
sich, breitet die Arme dem Lichte entgegen.)

Und sieh, Du nahst, von Thau=beschwerter Wimper
Abschüttelnd Nacht und Dunkel, heil'ges Licht.
Dich grüß' ich, erster Tag auf märk'scher Flur.
Dich schick' ich vor mir her als meinen Boten
In jede Hütte und in jedes Herz;
Dein Gang sei Freude, Trost sei Dein Geschenk,
Verheißung Dein Panier und Hohenzollern
Der Morgen=Gruß, der Brandenburg erweckt.

(Aus der Stadt und rechts und links außerhalb der Bühne erhebt sich das Geläute der
Früh=Glocken.)

Zweiter Auftritt.

Konrad, Agnes (kommen von links unten; Agnes auf Konrad gestützt).

Konrad.

Dort siehst Du Brandenburg; wir sind am Ziel;
Gut, daß wir's sind, denn Du bist müd' geworden.

Agnes.
Ein wenig nur.

Konrad (blickt zurück).
Die Mutter auf dem Wagen
Blieb weit zurück.

Dritter Akt.

Agnes.

Die Räder mahlen langsam
Im tiefen Sand, man geht zu Fuße schneller.

Konrad.

Dies ist der Ort; die Brandenburg'schen Städte
Versammeln heut sich hier, dem Hohenzollern
Huld'gung zu leisten; dieses stille Feld
Wird bald von Menschen-Schaaren widerhallen.
Jetzt, da die unbefleckte Morgenfrühe
Das Land mit ahnungsvollem Schweigen deckt,
Laß uns denn Abschied nehmen.

Agnes.

Abschied?

Konrad.

Ja.
Und ohne Wort. Was sollen Menschenworte
Da, wo das Schicksal spricht? Doch meinem Kuß
Verwehr' Dich nicht, denn Sterbende sind heilig.
Und wie ein Sterbender, so küss' ich Dich.
(Er küßt sie.)

Agnes.

Du gehst? Und warum gehst Du?

Konrad.

Weil ich muß.

Agnes.

Kannst nicht auf unsrer Seite bleiben?

Konrad.

Nein.

Agnes.

O — doch versuch's.

Konrad.

Ein jeder geht den Weg,
Der ihm geschrieben ward. Zum Hohenzollern
Führt Deiner Dich, der meinige — wohin —?

Agnes.

Solch kurzer Abschied für die Ewigkeit?

Konrad.

Häng' Dich nicht an den Todten.

Agnes.

Nein, Du lebst!

Konrad.

Todt ist, wer nicht mehr glauben kann und hoffen.

Agnes.

Und Du, so reich an Glauben einst und Hoffnung,
Hast Du von all' dem nichts mehr? nichts mehr?

Konrad.

Nein.

Ich hab' in meiner Seele einen Menschen
Begraben — wer an Gräbern wohnt, verwelkt.

Agnes (umschlingt ihn).

O nur nicht also stoße mich von Dir!
So tief, so rein sprach Weibes Liebe niemals
Zum Mann, wie dies mein stammelndes Gebet:
Laß mich Dich lieben, Konrad, liebe mich!
In dieser Stunde, da Dich Gott verläßt,
Behalte mich an Deinem Herzen, Konrad!
Du weißt ja, ich bin armer Leute Kind,
Heut bist Du selber arm, heut kann ich helfen —

Konrad.

Reiß' mein Geschlecht mir aus dem Blute, Weib,
Dann sprich von helfen. — (Geht zum Hohenzollern;

Mög' er der Retter sein für Brandenburg,
Das flehe ich, obschon ich es nicht glaube,
Obschon ich weiß, daß Quitzow sterben muß,
Wenn Hohenzollern Brandenburg errettet —
O Wahnsinn über meinem Haupt und Herzen
Und Wirrsal, unentrinnbar, fürchterlich!

Agnes (blickt ihm in's Gesicht).
Sieh — diese Thräne — wie ein Tropfen Bluts
Aus Deinem Herzen, quillt sie Dir vom Auge —
So trink' ich sie im Kuß und so bewahr' ich
In mir Dein heiliges geliebtes Herz.
(Küßt ihn.)

Dritter Auftritt.

Gertrud Wins (kommt von links).

Konrad (löst sich von Agnes).
Frau Trude, seid Ihr da?

Gertrud.
            Ja, gnäd'ger Herr.

Konrad (reicht ihr die Hand).
Ihr war't auf Eurem Wagen eingeschlafen —
Habt frohen Morgen. —

Gertrud (ergreift seine Hand).
                  Gut beginnt der Tag,
Da er mich Euer Antlitz sehen läßt,
Mein theurer Herr.

Konrad.
            Wo find' ich nun den Führer,
Der Euch den Weg zum Hohenzollern weist?

Vierter Auftritt.

Friedrich (der bis dahin, unter den Bäumen stehend, dem Vorgange auf der Bühne unten gefolgt ist, steigt den Fußsteig herab.)

Friedrich.

Wenn Ihr den sucht — den Weg kann ich Euch zeigen.

(Konrad und die Frauen blicken überrascht auf ihn.)

Konrad.

Seid Ihr vom Hof des Hohenzollern?

Friedrich.

                      Wißt,

Der Nächste bin ich ihm.

Konrad.

           Hier diese Frauen

Führt eine Bitte zu ihm — ob er sie
Anhören wird?

Friedrich.
    Sind's Brandenburg'sche Frauen?

Konrad.

Das sind sie.

Friedrich.

    Wohl, so ist's ihr gutes Recht,
Zu ihm zu kommen, und er wird sie hören.

Konrad.

Ihr — gutes Recht?

Friedrich.
    Damit Ihr's glauben lernt,
Begleitet sie.

Konrad.
Mich führt ein andrer Weg.

Friedrich.

Das thut mir leid — doch reicht mir Eure Hand —

(streckt ihm die Hand zu, Konrad legt zögernd die seinige hinein.)

Es ist die erste Brandenburg'sche Hand,
Die ich in diesem neuen Land ergreife.

Konrad (starrt ihn an).

Der Ton — der Blick — und dieser Griff des Löwen
In dieser Hand — wer seid Ihr?

Friedrich.

Ich bin der,
Der Hohenzollern kennt und seine Pflicht.

Konrad (reißt sich von ihm los).

Das ist — Ihr seid — ah nichts — hinweg! hinweg!

(Geht, rückwärts schreitend, rechts ab, den Blick auf Friedrich gerichtet. Friedrich folgt
ihm, unbeweglich, mit flammenden Augen; dann wendet er sich zu den Frauen.)

Friedrich.

Kommt nun, Ihr Frau'n — bis hierher führt' Euch Quitzow,
Nun seid Ihr in des Hohenzollern Schutz.

(Er nimmt ihre Hände und geht links mit ihnen ab.)

(Pause, dann rechts außerhalb der Scene Stimmen, welche näher kommen.)

Fünfter Auftritt.

Hans Sturz, Fritze Belkow, Peter Stummel (kommen von rechts).

Sturz

(hat die Haube abgenommen, wischt sich die Stirn).

Die Hitze! Am frühen Morgen!

Belkow.

Der Durst!

Stummel.

Und der Sand!

10*

Sturz (fährt zu Stummel herum).

—Na, sie sollen wohl einen Knüppeldamm bauen von Berlin bis Brandenburg, blos damit daß Du besser fortkommst mit Deine ollen Eselsknochen? Was?

Stummel.

Es is man von wegen das Geschwitze, Herr Wachtmeester — Ihr schwitzt doch och nich schlecht.

Sturz.

Du Hammelnase!! Wenn der Wachtmeester schwitzt, denn — denn hast Du noch lange nich zu schwitzen! (Verschnauft.) Hat denn Keener kennen Droppen zu trinken nich?

Belkow.

Ick dachte, Peter Stummel sollte was injesteckt haben.

Stummel.

Und ick dachte doch — Fritze Belkow —

Sturz.

Na ja, wenn Ihr zwei Beide erst zu denken anfangt! Wie der Herrgott das Denken erfunden hat, hat er verjessen, Euch zu sagen, wie es gemacht wird.

Perwenitz (rechts außerhalb der Scene).

Heda, Hans Sturz! Bist Du da vorne?

Sturz.

I du meine Jüte, da is ja der Herr Burgemeister schon! (Ruft nach rechts.) Ja woll, Herr Burgemeester! Ick bin hier mit's janze Aufjebot!

Sechster Auftritt.

Perwenitz. Dannewitz. Sechelweg. Stroband (kommen von rechts).

Perwenitz.

Dann geh' mal mit Deinen Leuten, haltet unsere Pferde.

Sturz.

Is jut, Herr Burgemeester; ick fürchte man, daß die zwei Kerle da zu dämlich sind for die Reiterei.

(Sturz, Belkow, Stummel rechts ab.)

Perwenitz.

Noch Niemand da — die Berliner sind wieder mal zuerst aufgestanden. (Setzt sich auf eine Bodenerhöhung.)

Stroband.

Ob wir denn auch richtig hier sind?

Dannewitz.

Da wo es zum Marienberg 'raufgeht, hat es geheißen, wird er sein Zelt aufschlagen und da soll es sein.

Perwenitz.

Am Marienberg sind wir.

Sechelweg (zeigt).

Und da steht ja auch ein Zelt!

Alle.

Wo?

Sechelweg.

Na seht Ihr's denn nicht?

Perwenitz.

Das stimmt, — das muß sein Zelt sein.

Stroband.

Das muß es sein.

Perwenitz.

Nu soll's mich wundern, was da 'rauskommen wird; ob's wieder so 'ne Art von Jobsten sein wird?

Stroband.

Ne, ne, ich habe ein gutes Zutrauen.

Perwenitz.

Dann geht's Euch besser als mir.

Stroband.

Wenn ich nur wüßte, warum Ihr Euch so gegen ihn stemmt?

Perwenitz.

Wenn man mir einen Krug Wein vorsetzt, soll ich sagen, der Wein is jut, bevor daß ich gekostet? Ne — erst selber probiren! Kaiser Sigismund schickt ihn, und Kaiser Sigismund hat uns auch den Jobst geschickt, und Kaiser Sigismund is ein Baum, der bis heutigen Tags nur saures Obst für uns getragen hat.

Siebenter Auftritt.

Hans Sturz (von rechts. Musik rechts hinter der Scene).

Sturz.

Herr Burgemeester, es jeht los! Sie kommen mit die Musike!

Perwenitz (steht auf).

Wer kommt?

Sturz.

Die Brandenburger und die Spandauer und die Frankfurter.

Dannewitz (blickt nach links).

Und von da kommen noch andre — das sind die Rathenower!

Sechelweg (blickt nach links).

Und die Havelberger und Ruppiner!

Perwenitz (blickt nach rechts).

Was kommt denn von der Havel her?

Sturz.

Das sind die edlen Herren von Bredow. Hurrje, die Masse Menschen!

→ **Dritter Akt.** ←

Achter Auftritt.

Rathmannen von Brandenburg, Spandau und **Frankfurt** (kommen von rechts, ihre Fahnen tragend).

Stimmen.
Hallaho, Berlin!

Dannewitz.
Hallaho, Brandenburg, Spandau und Frankfurt!
(Allgemeine Begrüßung. Händeschütteln.)

Neunter Auftritt.

Rathmannen von Rathenow, Havelberg, Ruppin (kommen mit ihren Fahnen von links).

Stimmen.
Hie Rathenow! Havelberg! Ruppin!

Sechelweg.
Gott zum Gruß, Landsleute!

Perwenitz.
Ju'n Morgen auch.

Stimmen.
Ju'n Morgen, j'un Morgen.
(Begrüßung wie oben.)

Zehnter Auftritt.

Lippold von Bredow und **Bredow'sche Edle** (kommen oben auf dem Hügel von rechts, bleiben unter den Bäumen stehen. Gleichzeitig unten rechts außerhalb der Scene Gelärm, Gelächter und Gesang).

Gesang:
Mein Pferd das ist kein Schimmel, mein Pferd das ist kein Schecken,
Ich reite auf Schusters Rappen;
Mein Rock hat keine Wolle, mein Rock hat nur ein Flecken,
Ich esse magere Happen.

151

Elfter Auftritt.

Köhne Finke (an der Spitze eines Haufens ärmlich gekleideten Volks, kommt von rechts unten. Die Männer tragen Stöcke, an denen sie grüne Zweige wie Fahnen befestigt haben).

Sturz.

Herr Burgemeefter, seht doch blos mal das! Das sind doch keene Rathmannen nich?

Köhne Finke.

Wir sind die edlen Ritter von Hunger und Durscht!

Das Volk (welches Finke begleitet).

Von Hunger und Durscht!

Finke
(ist den Fußsteig bis zur Hälfte emporgestiegen).

Und ich bin der Hauptmann davon, der Ritter ohne Käse und Wurscht!

Stimmen der Rathmannen.

Wer ist der verrückte Kerl?

Perwenitz.

Köhne Finke, was soll das? Was kommst Du hierher? Was willst Du hier?

Finke (lüftet das Barett).

Mir den neuen Markgrafen ansehen, Herr Burgemeefter! Wir sind arme Deibels und für 'nen armen Deibel giebt es auf der Erde nischt als die Luft und die Hoffnung, denn die beiden kosten nischt. Und nu hat man uns gesagt, daß Einer gekommen is, der uns was dazu geben will, und das is uns lieb zu hören, denn Luft und Hoffnung sind schöne Gerichte, aber satt wird man davon nich.

Stroband.

Hier wo Burgemeister und Rathmannen reden, hast Du das Maul zu halten und weiter nichts!

Finke.

Wüßte auch nich, was ich sonst noch halten sollte, da mir sonst nich viel gehört.

Das Volk (lärmend).

Köhne Finke soll reden!

Finke.

Wenn ick denn also reden soll, so sage ick nur so viel: ich weiß zwar von dem Hohenzollern, was der neue Markgraf is, noch zwar nischt — aber daß er sein Zelt hier aufgeschlagen hat in Jottes freier Luft, wo die Jroßen ihn hören können und die Kleinen, das gefällt mir von ihm und das finde ick gut. Und das Zelt, seht Ihr, das is schwarz und weiß, und das, hab' ick mir sagen lassen, sind die Farben von dem Hohenzollern, und die Farben gefallen mir und ick will Euch auch sagen warum: denn was mich betrifft, so bin ich ein Schmiedegeselle, und wenn ick am Amboß stehe und an die Esse, denn krieg' ick ein schwarzes Gesicht und schwarze Hände — und das is die Arbeit — und nachher, wenn Feierabend is, denn wasch' ick mir und denn bin ick wieder weiß — und das is die Ruhe nach der Arbeit und das Vergnügtsein. Und darum sag' ick: wer solche Farben hat, der versteht was von die Arbeit und der weiß, was dem kleinen Mann noth thut und der hat ein Herz für das Volk.

Das Volk.

Das is wahr! Das is gut!

Perwenitz.

Der Bengel hat Kopf und Herz auf'm rechten Fleck!

Stroband.

Hat aber nicht mitzureden hier! Wirst Du machen, Köhne Finke, daß Du nach Hause kommst?

Finke.

Mit alle schuldige Hochachtung, Meister Stroband, ne, das will ick nich! Wir sollen unsre Hoffnung hier zu sehen bekommen, mit leibhaftige Augen, und so was is 'ne seltene Sache. Und darum wollen wir uns den Hohenzollern ansehen, bis daß wir sagen können: so sieht er aus. Und wenn der uns sagt, geht nach Haus, für Euch bin ich nich zu sprechen — na — denn wollen wir hingeh'n, wo wir hergekommen sind, zu Mutter Elend.

Zwölfter Auftritt.

Friedrich, Ileburg (und) **einige Edle** (sind während der letzten Worte aus dem Zelte getreten. Friedrich ist dicht hinter Köhne Finke getreten, schlägt ihn jetzt auf die Schulter).

Friedrich.

Nun denn — so bleibe.

Finke (wirft den Kopf herum, starrt Friedrich an).

Friedrich (droht ihm lächelnd).

Doch halte Dich stumm,
Hören macht klug, Schwatzen macht dumm.

Finke.

Das is ein Fürst und ein Herr — das — is der Hohen=zoller! (Sinkt in die Knie.)

Die ganze Versammlung (tief murmelnd).

Der Hohenzoller.

(Pause.)

Friedrich

(blickt ernst lächelnd um, lüftet alsdann sein Barett).

Gott Dir zum Gruß — Mark Brandenburg.

(Dumpfes Gemurmel. Man sieht, wie einige die Mützen und Hüte abnehmen, Andere verlegen dastehen.)

Friedrich (winkt Ileburg).

Ileburg

(tritt vor, entrollt ein Pergament, das er in Händen hält).

Märkische Städte, Schloß=gesessne Herren,
Zur Huldigung versammelt und vereint,
Vernehmt den Eid, den Ihr beschwören sollt:
„Wir huldigen und schwören Herren Friedrich,
Burggraf zu Nürnberg und den Erben dessen,

Getreu zu sein, gewärtig und gehorsam —
Als Gott uns helfe und die Heiligen."
(Tiefe Stille.)

Jleburg.

Wir harren Eurer Antwort. Wer beginnt?

Lippold Bredow
(tritt auf Friedrich zu, senkt ein Knie).

Ich als der älteste der Bredow's spreche:
Die Bredow's huldigen und schwören Euch.
(Die Bredow'schen Edlen senken ein Knie.)

Friedrich (nimmt Lippold's Hand).

Ich nehm' Euch an. Euer Wort ist eine That.
Für immer nun bei Hohenzollern's Thaten
Soll Bredow Hohenzollerns Helfer sein.
(Die Bredow'schen erheben sich, Lippold tritt zurück.)

Jleburg.

Die Märk'schen Städte, warum schweigen sie?

Perwenitz (lüftet das Barett).

Mit aller schuld'gen Ehrfurcht, gnäd'ger Herr,
Es steht nicht so, daß wir Euch feindlich wären,
Doch das Vertrauen wird uns Märk'schen Städten
Ein bischen sauer.

Friedrich
(dem Jleburg etwas in's Ohr gesagt hat).

Ihr seid von Berlin
Der Burgemeister?

Perwenitz.

Ja, der bin ich, Herr.

Friedrich.

Ich hab' Beschwerde wider Eure Stadt.

Perwenitz.

Woher — denn das?

Friedrich.
Man hat in Eurer Mitte
An Einem meines Volks Gewalt gethan.

Perwenitz.
Ihr — meint —

Friedrich.
Ich meine Thomas Wins von Straußberg,
Den Ihr von Dietrich Quitzow, Eurem Freunde,
Gefangen nach Burg Friesack schleppen ließt.

Stroband.
Nicht unser Freund!

Perwenitz.
Ganz wider unsren Willen
Nahm er den Mann gefangen.

Friedrich (mit spöttischem Lächeln).
Steht es so?
Ihr mußtet's dulden? Wider Euren Willen?
Vor Euren Augen und in Eurem Haus?
Dann scheint es mir, Ihr könntet einen brauchen,
Der wider solche Freunde Euch beschützt?
(Pause. Die Berliner stehen verblüfft.)

Brandenburger Rathmanne.
Wahr! Das ist wahr! Und Ihr, Ihr seid der Mann,
Uns vor den Schloßgesess'nen zu beschützen!
Hier schwört und huldigt Brandenburg die Stadt!

Frankfurter Rathmanne.
So thut auch Frankfurt!

Spandauer Rathmanne.
Spandau schwört und huldigt!
(Die drei Rathmannen gehen Einer nach dem Anderen zu Friedrich heran und küssen
ihm die rechte Hand.)

Friedrich.
Ein Wort noch den Berlinern. — Thomas Wins,

Ließ ich mir fagen, hatte Weib und Kind?
Da Ihr den Vater ihnen nehmen ließet,
Wo blieben fie? Was thatet Ihr für fie?

Perwenitz (zu Dannewitz).

Hol' mich der Deibel, Hans Dannewitz.

Stroband (zu Perwenitz).

Was hab' ich Euch gefagt, Henning Perwenitz?

Friedrich
(der sich an ihrer Bestürzung geweidet hat).

Ihr thatet nichts für fie? Nun denn, fo scheint mir,
Kam ich zur rechten Stunde in das Land,
Damit verlaff'ne, unterdrückte Frauen
Schutzwehr und Obdach finden — dort feht hin!
(Er winkt — die Zeltpforte öffnet fich, in derfelben erscheinen Gertrud und Agnes Wins.)

Rathmannen (durcheinander).

Ha, wacker! Recht! Recht!

Rathenower Rathmanne.

Hier schwört Euch Rathenow!

Ruppiner Rathmanne.

Und hier Ruppin!

Havelberger Rathmanne.

Und Havelberg!

(Handschluß der drei Rathmannen wie vorhin.)

Friedrich (in ganz verändertem, feierlichem Ton).

Wißt denn und hört es Alle:

Nicht Menschen-Willkür, Gottes Wille schickt mich,
Des Gottes, der die Menschen-Thränen zählt.
Er fprach zu mir: dies Land hat viele Herrscher
Doch keinen Herrn — hat Richter, doch kein Recht.
Dies Land hat Aecker, aber keine Saat,
Hat Schwert und Lanzen, aber keinen Pflug.
Nur wer die Körner zählt des Märk'schen Sandes,

157

Der zählt die Wundenmale Brandenburg's.
Du bring' ihm Frieden, seinen Kindern Brod,
Vor Rosseshufen schirme seine Felder,
Der Armuth Hütte wider Feuersbrunst —
So heil'gen Auftrag hab' ich überkommen,
Männer, ich nahm den heil'gen Auftrag an.

(Tiefes Gemurmel der Versammelten.)

Mark Brandenburg, warum zerfleischst Du Dich
Mit eignen Waffen? Das ist Knaben=Handwerk,
Wach' auf und werde mannbar zum Beruf!
Ich zeig' ihn Dir:

(Er nimmt aus der Hand eines der hinter ihm stehenden Ritter das Banner.)

Hier pflanze ich mein Banner
Dir in das Herz, wo dieses Banner weht,
Ist heil'ger Boden, da ist Vaterland.
Und wie ich selber Treue ihm gelobe
Bis an den letzten Sprossen des Geschlechts,
So ford'r' ich Huldigung auf dieses Banner,
Und so gebiet' ich: schwört dem Vaterland!

Alle.

Das schwören wir! Schwören wir!

Friedrich.

Ich warte noch auf die Berliner.

Perwenitz.

Herr —
Gnäd'ger Herr Markgraf, wollt Ihr uns noch haben?

Stroband.

Nehmt's nicht für ungut —

Dannewitz.

Gnäd'ger, lieber Herr!

Friedrich (lächelnd).

Wollt Ihr vertrau'n?

Perwenitz.
Mit Herz und Leib und Seele
Vertrau'n wir Euch! So huldigen und schwören
Berlin und Köln!

Dreizehnter Auftritt.

Dietrich Quitzow (gefolgt von) **Dietrich Schwalbe** (und zwei Reißigen kommt
plötzlich von links).

Dietrich.
Meineidiges Berlin!
Ehrlose Krämer, Euer Eid ist Wind!

Stroband.
Schlagt ihn todt!

Alle.
Schlagt ihn todt!

Dietrich.
Elende Wetterfahnen,
Die Ihr nichts könnt, als kreischen, Euch auf's Maul
Schlag' ich die Fetzen Eures eignen Eides,
Den Ihr mir schwurt —

Perwenitz.
Das lügt Ihr, Dietrich Quitzow!

Dietrich.
Den Ihr mir schwurt und heut wie Schurken brecht!

Die Berliner.
Das lügt Ihr! Das lügt Ihr!

Friedrich.
Seid Ihr es, Dietrich Quitzow,
Der so die Stunde stört?

Dietrich.

Nein, das seid Ihr,
Friedrich der Burggraf, Eindringling im Land!
Wer seid Ihr? Warum kommt Ihr her? Was wollt Ihr?
Ich bin der eingeborne Sohn der Mark;
Wer rief Euch her? Meint Ihr, ich sei gekommen,
Euch Rede hier zu stehn? Es ist an Euch!
Ich bin der Hausherr! Mir gehört die Mark!
Mein ist die Luft, die Ihr mit Worten füllt!
Mein dieser Boden, wo Ihr Euer Banner
Anmaßend aufpflanzt! Mir gehört die Stunde!
Und mir dies Volk, das Ihr mit glatten Worten
Abtrünnig macht von seinem echten Herrn!

Friedrich.

Wen meint Ihr?

Dietrich (zeigt auf die Berliner).

Diese da!

Friedrich.

Wer ist ihr Herr?

Dietrich.

Ich! Dem sie huldigten, eh' sie Euch kannten!

Perwenitz.

Wann hätten wir Euch je gehuldigt? Wann?

Dietrich.

Als Ihr mich brauchtet!

Perwenitz.

Bündniß ist nicht Huld'gung!

Stroband.

Wann wärst Du unser Herr geworden, Du?
Du wildes Thier!

Dannewitz.

Du Haifisch!

Dietrich.

Ha, Ihr Karpfen,
Frosch-Quaker von der Spree! Euch räum' ich gründlich
Den Teich noch einmal auf, das sag' ich Euch!
Auf Blut und Narben ward der Eid geschworen;
So lang' ich meine Narben nicht vergesse,
Verwehr' ich andren Eid Euch, halt' Euch fest
In meiner Hand —

Friedrich.

Bis daß ein Andrer kommt,
Der Eure Faust zerbricht!

Dietrich.

Den laßt mich seh'n.

Friedrich.

Hier vor Dir steht er.

Dietrich.

Du? Du wärst der Mann?
Friedrich der Burggraf?

Friedrich.

Ich, Dein Fürst und Herr,
Ich, Deines Herrn und Kaisers Abgesandter,
Der Antwort fordert, ob Du huld'gen willst?

Dietrich.

Nun, bei der Sand-bedeckten Brust der Mark,
Beim heil'gen Blut von Wilsnack, bei den Geistern,
Die Irrlicht-flammend spielen über'm Bruch
Und rauschend wandeln durch die Märk'schen Fichten,
Friedrich von Hohenzollern, schwör' ich Dir:
Ich will Dir huld'gen, wenn der Thurm von Friesack

Freiwillig sich zu Deinen Füßen legt!
Doch eher nicht!

Friedrich.

So schwör' ich Dir zur Antwort,
Daß ich Dich finden will in Deiner Höhle,
Du Drache Brandenburgs! Und so beginnend,
Greif' ich hinein nach Friesack.

(Er winkt nach hinten.)

Vierzehnter Auftritt.

Gertrud (und) **Agnes** (werden aus dem Zelte geführt.)

Friedrich.

Dietrich Quitzow,
Gieb Deinen Raub heraus — sieh diese Frauen,
Ihr Mann, ihr Vater, wo ist Thomas Wins?

Dietrich.

Was geht's Dich an, Friedrich von Hohenzollern?

Friedrich.

Das, was den Richter das Verbrechen angeht.

Dietrich.

Du Büttel, den der Kaiser uns gesendet,
Weißt Du vom Fehde=Recht des Ritters nichts?

Friedrich.

Du Thor mit Deinem angemaßten Recht,

(Schlägt durch die Luft.)

So wie ich mühlos hier die Luft zertheile,
So tilge ich Dein Recht, denn es war Luft,
Feind allen Menschenrechts, ein Götzenbild,
Das Du aus Deinem selbst Dir aufgerichtet,
Anbeter Deiner Selbst. — Nun lerne zitternd
Ins Angesicht des wahren Rechtes schau'n.

Hier steh' ich, sein Verkünder; lerne Ehrfurcht
Vor Höheren, Achtung vor Deines Gleichen,
Und wider die Geringen lern' Geduld.

Alle (Hüte und Kappen schwingend).

Heil Dir, Friedrich von Hohenzollern! Heil Dir! Heil!

Lippold von Bredow.

Friedrich von Hohenzollern, nimm die Bredow's,
Dir bis zum jüngsten Tag gehören sie!

Dannewitz.

Du unser Herr!

Alle.

Du unser Herr! Unser Herr!

Dietrich.

Blökendes Heerden=Vieh! Schreit, tobt und brüllt!
Die Stunde kommt, da ich Euch heulen mache.
Und Du, Du neuer Herrgott Brandenburgs,
Du Feind der Mannheit, Freund der blöden Masse,
In Märk'scher Haide, da begegne mir!
Schwert gegen Schwert und Lanze gegen Lanze,
Im Feld der Schlacht entreiße mir mein Recht,
Wenn Du's vermagst; denn jetzt hohnlach' ich Deiner!
Dir biet' ich Trotz sammt Deinem Hofgesinde
Von Knechten, Krämern, Ehr=vergess'nen Rittern,
Ich ganz allein, ich selbst mein Herr, mein Volk,
Dietrich der Quitzow, letzter Sohn der Freiheit!

Friedrich.

Steh' Red' und Antwort: Giebst Du Thomas Wins
Von Straußberg mir heraus?

Dietrich.

Ich geb' ihn nicht!

11*

Friedrich.

Noch einmal —

Dietrich.

Nein!

Friedrich.

Zum letzten Male —

Dietrich.

Nein!

Friedrich.

So werde, was Du warst und bist: ein Wolfshaupt!
Rechtlos, schutzlos, Jedwedem preisgegeben,
Der Dich erschlagen will; in Kaisers Namen
Erklär' ich Dich in Acht und Aberacht!

(Tiefe Stille.)

Stroband (halblaut).

Er ist vogelfrei!

Dannewitz (laut).

Er ist vogelfrei!

Alle (brüllend).

Er ist vogelfrei!

(Alle machen Miene, sich auf Dietrich zu stürzen.)

Konrad

(kommt in großen Sätzen vom Abhang herab, bricht sich Bahn zu Dietrich,
umklammert ihn).

Mein Bruder!!

(Pause. Die Bewegung der Andringenden stockt.)

Friedrich

(kommt herab, bleibt vor den Quitzow's stehen).

Konrad von Quitzow, willst auch Du mein Feind sein?

Konrad (starrt ihn wortlos an, dann).

Dein Feind? Dein Feind? Gehofft, ersehnt, gewartet
Hab' ich am Tage und zur Nacht geträumt —
Traum wird zur Wahrheit — er erscheint, er naht,
Es ist der Retter — und er kommt als Feind!
Dein Feind ich? Es ist wider die Natur!
Dein Freund ich? Es ist wider die Natur!
Mörd'rin Natur, gieb zwischen Leib und Seele
Mir einen Ausweg! Wenn Du keinen findest,
So brauch' Dein letztes Mittel; gieb mir Tod!

(Bricht zur Erde.)

(Vorhang fällt.)

———

Ende des dritten Aktes.

Vierter Akt.

(Ein Gärtchen am Hause Henning Stroband's zu Berlin. Rechts vorn das Wohnhaus, aus dem einige flache Stufen in den Garten hinunterführen; am Hause eine Steinbank. Der Garten ist im Hintergrund durch eine niedrige Mauer abgeschlossen. Hinter der Mauer sieht man Hausgiebel aufragen.)

Erster Auftritt.

Henning Stroband, Gertrud Wins (kommen von rechts aus dem Hause, bleiben vor der Hausthür stehen.)

Stroband.

Das ist also 'ne abgemachte Sache, Frau Trude, daß Ihr bei uns bleibt mit Eurer Agnes, bis Thomas Wins, Euer Mann, wieder frei ist. Mein Haus habt Ihr geseh'n, und das hier ist mein Garten; groß ist alles beides nicht, aber Platz genug hat's für Euch und uns. (Hat sich auf die Steinbank gesetzt.)

Gertrud.

Wär's das allein, Henning Stroband — klein ist auch das Herz des Menschen, und hat doch Raum für das Erbarmen — und das ist das Größte.

Stroband.

Darüber nur keine Worte; wo das Herz gesund ist, wächst die Barmherzigkeit von selbst, und Gesundheit ist kein Verdienst.

Gertrud (setzt sich seufzend neben ihn).

Aber Sorgen sind Krankheit und der Kranke fällt dem Gesunden zur Last.

166

Stroband.

Habt Ihr's nicht selbst erfahren und erlebt, daß unser neuer Markgraf sich Eures Mannes annehmen will?

Gertrud.

Ja, Henning Stroband, seit ich den Mann gesehen, kann ich wieder an Gott glauben.

Stroband.

Und wollt so wenig auf Gott vertrau'n?

Gertrud (drückt seine Hand).

Ach — denkt nicht, daß ich undankbar bin.

Stroband.

So ist's noch was Anderes, was Euch Sorge macht?

Gertrud.

Daß ich es sagen muß — ja.

Stroband.

Und Ihr wollt nicht sagen, was es ist? (Gertrud schweigt in innerlichem Kampf; Stroband blickt nach links.) Aber wenn ich's errathe? Es ist um die, die dort kommt? Um Eure Agnes?

Gertrud.

Kommt sie?

Stroband.

Ja, mit meiner Rieke.

Zweiter Auftritt.

Agnes, Rieke (kommen Arm in Arm von links.)

Stroband (erhebt sich).

Nu — Agnes, mein Kind? Bist Du müde?

Agnes.

Nein, Oheim.

Stroband.

Oder fehlt es wo?

Agnes.

Nein, Oheim.

Stroband.

Nicht müde, nicht krank, und so blaß? Dann hast Du wohl
gar Kummer?

Agnes (wendet sich schweigend ab).

Stroband.

Kind — bist ja noch viel zu jung dazu.

Rieke.

Der Kummer kommt, wenn's ihm paßt, nicht wann's uns beliebt.

Stroband.

Hat sie auch mitzureden, die Jungfer Naseweis? Was weiß
denn sie von Kummer?

Rieke.

Mehr als mir lieb ist.

Stroband.

Dumme Gedanken hast Du im Kopf, verstanden? Und die
treibe ich Dir aus.

Rieke (fällt Gertrud um den Hals).

Ach Muhme, wir wollen in's Kloster, die Agnes und ich.

Gertrud.

Aber Kind, was sprichst Du?

Stroband (faßt sie am Arm).

Daß ich Dir nicht den Kopf zurecht setze! Treibt man Spott
mit solchen Sachen?

Rieke (bricht in Thränen aus).

Kein Spott, es ist mein Ernst; und ich bin unglücklich!
So — so — unglücklich —

Agnes (führt sie fort).

Komm fort, komm.

(Beide nach rechts hinter dem Hause ab.)

Stroband.

In's Kloster! So soll Dich doch — (Will ihr nach.)

Gertrud (hält ihn zurück).   .

Laßt sie geh'n. Wißt Ihr wohl, das Weinen klang gar nicht wie Spaß.

Stroband (hat sich wieder gesetzt).

Weiß ich denn etwa nicht, wo es herkommt? Sie hat sich den Bengel in den Kopf gesetzt und ich gebe es nicht zu.

Gertrud.

Wen?

Stroband.

Mein Gesell von vor'm Jahr — der Köhne Finke.

Gertrud.

Ist er ein schlechter Mensch?

Stroband.

Das wäre zu viel gesagt. Aber er hat nichts und wird nichts und dabei führt er ein loses Maul, und kurz und gut, ich geb' es nicht zu und wird nichts dabraus.

Gertrud.

Henning Stroband, wenn ich denke, wie es mit uns steht, und Euch ansehe, dann könnt' ich Euch beneiden.

Stroband.

Mich — beneiden?

Gertrud.

Ja, weil Ihr es noch in Händen habt, Euer Kind glücklich zu machen, wenn Ihr wollt.

Stroband.

Aber wenn ich doch nicht glaube, daß es ihr Glück ist.

Gertrud.

Junge Herzen sind darin gescheidter als alte.

Stroband.

Ihr — sprecht — sonderbar ernst.

Gertrud.

Alte Leute nehmen die jungen nicht ernst; das ist nicht recht; junge Herzen leiden mehr als alte. Ich hab' es auch nicht geglaubt, bis ich es fühlen gelernt habe. Henning Stroband, es ist ein schreckliches Ding, sein Kind verkümmern zu seh'n unter seinen Augen.

(Pause).

Gertrud.

Seid Ihr mir böse?

Stroband.

Ihr — müßt viel erlebt haben.

Gertrud.

Ja, Gott behüte Euch vor meiner Erfahrung.

Stroband (wendet sich nach dem Hause).

Wer kommt da?

Dritter Auftritt.

Henning Perwenitz (von rechts).

Stroband (hat sich erhoben).

Sieh da, der Herr Burgemeister.

Perwenitz.

G'un Tag auch, Henning Stroband und Frau Trude Wins. (Schüttelt sich mit ihnen die Hände.) Ich komme abjes zu sagen; morgen geht's los.

Gertrud.

Morgen? Wohin?

Perwenitz.

Na wohin — auf Burg Friesack.

Stroband.

Gegen den Quitzow?

Perwenitz.

Gegen wen denn sonst? Alle märkischen Städte hat der Markgraf aufgeboten, also Berlin natürlich vornevoran.

Stroband.

Und Henning Perwenitz —

Perwenitz.

Führt den Heerbann von Berlin, das versteht sich.

Vierter Auftritt.

Agnes, Rieke (gehen von rechts durch den Garten nach links hinüber).

Perwenitz.

Da sind ja auch die Mädchens. Na, kommt heran, könnt mir auch noch mal die Hand geben. (Agnes und Rieke treten herzu, reichen ihm Eine nach der Andern die Hand.) Morgen geht's in den Krieg; ja, Agnes, wir wollen Dir Deinen Vater 'rausholen aus dem Quitzow seinen Thurm.

Rieke.

Aus dem Thurm von Friesack?

Perwenitz.

Ja, Rieke, was sagste dazu? Es wird stramme Arbeit.

Stroband.

Das will ich meinen! gutwillig wird sich der Teufel nicht ergeben.

Perwenitz (lachend).

Ne, davor steh' ich Euch; Dietrich Quitzow, das is kein Pappenstiel. Aber die Berliner werden auch nicht von Syrup sein; lauter

stramme Jungens! (Er sieht sich pfiffig lächelnd um). Eigentlich hatt'
ich gedacht, ich würde hier noch Jemanden finden, der adjes
sagte —

Rieke (sieht sich ängstlich um).

Perwenitz.

Einer, der morgen auch mit ausrückt —

Rieke (umklammert seinen Arm).

Wen meint Ihr?

Stroband.

Rieke —

Rieke (ohne Perwenitz loszulassen).

Ach, Vater —

Stroband.

Frau Trude, Ihr kennt ja Burg Friesack? Ein höllisches
Nest? Nicht wahr?

Gertrud.

Es hat Thürme wie Berge und seine Mauern sind hart
wie Dietrich Quitzow's Herz.

Perwenitz.

Kriegen thun wir's aber doch: Unser Markgraf wird ihm
ein Lied aufspielen, wie er's noch nie gehört hat.

Stroband.

Was meint Ihr?

Perwenitz.

Die große Donnerbüchse hat er sich kommen lassen aus
Thüringen, und damit da schießen sie Kugeln, und wo so eine
Kugel in den Thurm schlägt, giebt's ein Loch und wer seinen
Kopp davor hält, kriegt 'ne Beule.

Stroband.

Nun wird mein Quitzow klein werden.

Perwenitz.

Kurz und klein.

172

Agnes (tritt plötzlich heran).

Sagt mir — sagt mir — ist auf Burg Friesack — Konrad von Quitzow auch?

Perwenitz.

Aber Mädchen — kreideweiß siehst Du aus?

Agnes.

Konrad von Quitzow auch?

Perwenitz.

Konrad und Dietrich, alle zwei Beide.

Agnes (hebt beide Arme).

Konrad! (Sie wankt.)

Gertrud (fängt sie in ihre Arme).

Agnes! Denke an Gott!

Agnes (ohne Thränen).

Konrad muß sterben, auf daß mein Vater lebt — so hat er es gefügt — Mutter, es giebt keinen Gott!

Stroband.

Agnes!

Gertrud.

Lästre nicht wider Gott!

Agnes.

Du hast ihn gesehen, Du hast ihn gekannt, Mutter — der schmetternde Stein soll zermalmen sein Haupt! Ueber sein zuckendes Herz werden sie schreiten mit stampfendem Fuß! Er hat geweint mit den Verzweifelnden — Niemand wird weinen um ihn! Er war die Güte, er war barmherzig — seinen Namen bewahrt der Haß und sein Andenken wird leben im Fluch! Da wo er liegt im verlorenen Grabe, da liegen die Trümmer einer heiligen Welt, und nichts wird übrig bleiben davon, nichts als der zitternde Schrei eines Weibes, verhallend in der Wüste der Zeit! (Sie bricht schluchzend zusammen.)

Stroband.
Das ist ein schreckliches, unnatürliches Leid.

Gertrud.
Warum? Henning Stroband, warum nennt Ihr es unnatür=
lich? Für sie und für Euch und uns Alle ist sie geschrieben, die
schreckliche Satzung der Natur, daß die Bösen den Fluch aussäen
in die Welt und daß die Guten ihn ernten und die Gerechten.
(Sie richtet Agnes auf, geht mit ihr rechts ins Haus ab.)
(Pause.)

Perwenitz.
Schade ist's um Konrad den Quitzow und ein Jammer
um das Mädchen. Henning Stroband, was sagt Ihr?

Stroband.
Was soll ich sagen? Ihr habt Recht.

Perwenitz
(tritt zu ihm, legt ihm die Hand auf die Schulter).
Wenn Ihr so denkt, dann hab' ich Euch noch was zu sagen:
(Zeigt auf das Haus.) Da draußen steht Einer und wartet.

Stroband.
So? Wer?

Perwenitz.
Einer, der morgen auf die Reise geht, von der Niemand
nich weiß, wann er zurückkommt — in den Krieg. Henning
Stroband, ein schweres Herz ist ein schlechtes Reisegepäck —
soll er so gehen?

Stroband (nach kurzem Zögern).
Na denn — meinetwegen.

Perwenitz (ruft in's Haus).
Na Junge, denn komm mal 'ran.

Fünfter Auftritt.

Köhne Finke (tritt aus dem Hause.)

Rieke.

Köhne (will sich auf ihn zustürzen.)

Stroband (tritt zwischen Beide).

Mädchen, wart' ab. — Na, Köhne Finke — also — da bist Du nu?

Finke.

Ja, Meester, da bin ich nu.

Stroband.

Kommst, meinem Mädchen adjes zu sagen?

Finke.

Ja, Meester, Eurem Mädchen und Euch.

Stroband.

An mich wirst Du auch grade gedacht haben.

Finke.

Ja, weil·ich weiß, daß Ihr was auf'm Herzen habt wider mich. —

Stroband.

Kannst Dir wohl nich denken, warum?

Finke.

Das schon, meine Ohren haben ja immer dichte dabei= gestanden, wenn mein Maul was Unnützes geredt hat.

Stroband.

Na, denn is es abgemacht; is jut.

Finke.

Is jut, Meester.

Stroband.

Gehst Du gern in den Krieg?

Finke.

Was das betrifft, so is meine Meinung die: ob ick gerne gehe, oder ungerne, das jeßt mir jarnischt an, — der Krieg muß sein, und was sein muß, das muß sind.

Stroband.

Muß sein?

Finke.

Unser Markgraf hat's gesagt und der versteht's; ein ordent= licher Krieg is besser als unordentlicher Frieden.

Stroband.

Und wenn Du wiederkommst — was wird denn dann?

Finke.

Denn bin ick wieder Schmiedegeselle.

Stroband.

Wo denn?

Finke.

Ja — wo?

(Pause.)

Stroband (hält ihm die Hand hin).

Na, wie is es? Willst'u wieder zu Meister Stroband kommen?

Finke (schlägt ein).

Ja, Meester, das will ich jern!

Rieke (fällt dem Vater um den Hals).

Vater — Vater — (schluchzt).

Stroband.

Aber Mädchen — was is denn?

Rieke.

Mir — is das Herz so voll, das Herz so voll. —

Stroband.

Na aber — so ein dummes Ding — (blickt auf Köhne Finke) und

so ein — na was sollen denn die Redensarten — (er schiebt Rieke zu Köhne Finke hinüber) da hast Du sie, Junge, und nu halt sie fest!

Finke (schließt sie in seine Arme).

Das will ich besorgen! Rieke! Putthüneken!

Rieke (seelig lachend).

Köhne, mein lieber, mein guter, mein Köhne!

Finke.

Siehst'e? nu hat er doch Recht behalten der Vogel, als er gesungen hat: „zikut, zikut, 's wird Alles noch jut."

Rieke.

Alles is gut! (Stürzt zum Vater, küßt ihn). Ach Vater, lieber Vater! (Eilt zu Köhne zurück). Ach Köhne! Mein Köhne!

Perwenitz (reicht Stroband die Hand).

Henning Stroband, da habt Ihr was angerichtet, und das war was Gutes. (Stroband fährt sich über die Augen.) Na — is Euch wohl was ins Auge gekommen?

Stroband.

Ja, aber es schadet nichts; das wollen wir 'runterspülen. Rieke, lauf' runter, unten im Keller aus'm besten Faß.

Rieke.

Ja, Vater, aus dem besten Faß. (Sie will forteilen, er hält sie an der Hand.)

Stroband.

Und dann wollen wir eins trinken — Henning Perwenitz, auf was soll's sein?

Perwenitz.

Auf dem Finken sein Nest und auf die Finken-Brut.

Stroband.

Und auf jeden wackeren Mann, der auszieht und ausziehen wird in Kampf für Brandenburg.

Finke.

Und auf den, der zur Mark Brandenburg gesagt hat: „ich bin
Dein, und Du bist mein," auf unseren schwarz und weißen
Markgrafen!

Stroband. Perwenitz.

Ja, das wollen wir! Das wollen wir!

(Alle ab in's Haus.)

(Der Zwischenvorhang fällt.)

Verwandlung.

(Scene wie in Akt III [erste Scene]).

Erster Auftritt.

Quitzow'sche Knechte (stehen an dem Fenster, aufgeregt hinausblickend und zeigend).
Knechte (kommen und gehen von der Thür links nach der Mitte und umgekehrt,
Waffen und Rüst-Zeug tragend.)

Knechte am Fenster (zu den anderen).

Hier kommt mal 'ran! Seht das!

(Andere treten zu den Vorigen an's Fenster.)

Zweiter Auftritt.

Dietrich Schwalbe (durch die Mitte zu den Vorigen.)

Schwalbe.

Hallo! Alle Mann 'runter an die Mauer! Steine getragen und Kelle in die Hand! Die Friesacker haben das
Mauer-Zeug weggeschmissen und Reißaus genommen. — Was
steht Ihr da am Fenster und guckt?

Ein Knecht.

Da drüben auf den Vietnitzer Bergen, da bauen sie was —

Schwalbe.

Zelte?,

Ein Knecht.

Ja, aber noch was, und das sieht aus wie ein großes Ofenrohr.

Schwalbe

(tritt rasch an's Fenster, blickt hinaus, fährt zurück).

Daß Dich die Schwerenoth! Das ist ja (er faßt sich) dummes Zeug — das is so 'ne Art von — von Pustrohr, womit sie Pfeile zu uns 'reinschießen wollen.

Ein Knecht.

Ein — Pustrohr?

Schwalbe.

Allerdings ja! Das thut Burg Friesack keinen Schaden, das is nur zum Lachen! Und nu vorwärts! An die Mauer 'runter! Eins, zwei, drei!

(Die Knechte durch die Mitte ab.)

Dritter Auftritt.

Konrad (kommt von links. Er ist in Waffen unbedeckten Hauptes).

Schwalbe (geht ihm entgegen).

Herr Junker, um Gotteswillen, kommt blos einmal und seht, was das is? (Zeigt hinaus.)

Konrad (tritt an's Fenster).

Da drüben? Bei der Windmühle auf dem Hügel?

Schwalbe.

Ja, wo sie schaufeln und schanzen.

12*

179

Konrad.

Das ist die große Karthaune, die der Markgraf wider uns aufstellt.

Schwalbe.

Eine Donnerbüchse?

Konrad.

Ja.

Schwalbe.

Also doch? Is es wahr, daß sie Kugeln daraus schießen? Und daß solche Kugeln die Mauern entzwei schlagen?

Konrad.

Ja.

Schwalbe.

Aber wenn's so is, dann — dann kann sich ja Burg Friesack nich halten?

Konrad.

Nein.

Schwalbe.

Aber dann — was wird denn dann?

Konrad.

Dann wird gestorben.

Schwalbe.

Junker Konrad!?

Konrad.

Was willst Du?

Schwalbe.

Ihr — seid so jung — und das geht Euch so glatt vom Mund?

Konrad (düster hinausblickend).

Du meinst, es ist wider die Natur, daß sich der Mensch

am Morgen schlafen legt? Hast Recht, Alter, aber hier ist manches — (Er reißt das Schwert aus dem Wehrgehänge, reicht es Schwalbe.) Gieb mir ein anderes Schwert.

Schwalbe (nimmt zögernd das Schwert).
Warum denn?

Konrad.
Weil ich dies hier nicht brauchen kann.

Schwalbe (besieht das Schwert).
Es is doch eine gute Waffe?

Konrad.
Gut gegen Jedermann, nur gegen die nicht, die da braußen steh'n!

Schwalbe.
Junker Konrad — Ihr seid ein gelehrter Herr geworden — ich verstehe Euch nicht mehr.

Konrad.
Dietrich Schwalbe, wo bist Du geboren?

Schwalbe.
In Hackenberge im Land Bellin.

Konrad.
Und das liegt in der Mark?

Schwalbe.
Nu gewiß.

Konrad.
Und mit Landsleuten kämpfen — thust Du das gern?

Schwalbe.
Wenn's Feinde von Quitzow sind — was kümmert mich alles Andere?

Konrad (wendet sich ab).
Thu', wie ich Dir gesagt habe.

Schwalbe.

Ich gehe schon. (Geht an die Wand links, nimmt ein Schwert herab, hängt Konrab's Schwert an dessen Stelle, kommt zurück.) Da is es.

Konrad

(streckt die Hand nach dem Schwerte aus).

Schwalbe

(hält Konrab's Hand mit beiden Händen fest).

Junker Konrad — hab' ich's versehen irgendwo? Warum seid Ihr so zu mir?

Konrad.

Laß gut sein.

Schwalbe (hält seine Hand fest).

Hab' ich was gesagt, was nich in der Ordnung war? Junker Konrad, ich bin kein gelernter Mann; aber das werdet Ihr mir doch nicht übel nehmen? Alles was ich weiß, is, mich für Quitzow tobtschlagen lassen. Hab' ich's daran fehlen lassen? Das könnt Ihr doch nich sagen? Fünfzig Jahr' lang hab' ich die Fahne mit den zwei Sternen getragen — ich hab' nich Weib noch Kind gehabt — hab' ich's nich mit Ehren gethan? Und — wenn ich höre — daß Friesack fallen soll — und daß — Quitzow sterben soll — (bricht in die Kniee.) Was soll ich denn noch thun, daß Ihr zufrieden seid?

Konrad (wirft die Arme um seinen Hals).

Nichts, als zu sein, wie Du bist! (Ueber Schwalbe hinsprechend.) Friedrich — Friedrich — wenn dieses Volk Dir treu wird in Liebe, wie es Dir treu ist als Feind — dann wird es die Welt zu Deinen Füßen legen. Steh' auf, Alter, Dir habe ich nicht gezürnt.

Schwalbe (knieend).

Aber Ihr habt Thränen in den Augen, seht so traurig aus? Ihr habt so wenig Freude gehabt vom Leben — Euer Herr

Vater war schon todt, als Ihr zur Welt gekommen seid und
Euere Frau Mutter habt Ihr kaum mehr gekannt — Junker
Konrad — wenn's nich gegen den Respekt is — als Ihr noch
klein gewesen seid, — erinnert Ihr Euch nich mehr, wie Ihr
zu Dietrich Schwalbe gekommen seid, wenn es wo gefehlt hat?
Wie Euch damals das Eichkätzchen weggelaufen war in den
Wald, das Ihr so gern mochtet? Wie ich's Euch wiedergefangen
habe? Erinnert Ihr Euch nich mehr daran? Könnt Ihr mir
nich sagen, was Euch fehlt? Kann Euch Dietrich Schwalbe nich
helfen? Gar nich helfen?

Konrad (tritt von ihm fort).

Nicht Du noch irgend wer! Wir selbst haben uns verlaufen
im Wald und verirrt — es giebt nur noch Einen, der uns
hinaushilft — aber der — ist nicht von dieser Erde.

Vierter Auftritt.

Dietrich Quitzow (kommt durch die Mitte. Schwalbe ist rasch aufgesprungen.
Konrad steht mit untergeschlagenen Armen an den Fensterpfeiler gelehnt).

Dietrich.

Ist es wahr, daß die Friesacker das Maurer=Zeug fort=
geworfen haben und davon gelaufen sind?

Schwalbe.

Ja, gnädiger Herr; Ritter Otto vom Pflug is in Friesack
eingerückt und hat die Stadt belegt; da haben die Kerle es mit
der Angst gekriegt und gesagt, Burg Friesack wäre eingeschlossen
und sie wollten nach dem Ihrigen seh'n und fort sind sie gewesen.

Dietrich.

Burg Friesack eingeschlossen! Wenn's wenigstens gelogen
wäre! Wer ihm das zugetraut hätte, dem Nürnberger Tandel=
mann! (Er tritt an's Fenster.) Da drüben bei der Mühle — das
ist sein Banner.

183

Schwalbe.

Ja, gnädiger Herr; aber die da hinter ihm kenne ich nich.

Dietrich.

Die hat er sich aus Franken mitgebracht: das ist der Hohen=
lohe und der von Uttenhofen. — Und da rechts, das sind die
Bredows.

Schwalbe.

Ja, die Bredows.

Dietrich.

Und auf der anderen Seite —

Schwalbe.

Das sind die Grafen von Lindow.

Dietrich.

Und neben ihnen Kurt von Rohr. Und dann kommen die
Städte — da links sehe ich Berlin.

Schwalbe.

Und da rechts Brandenburg und Frankfurt.

Dietrich.

Und nun auch Friesack die Stadt besetzt — sie haben uns
eingekreist wie den Bären im Loch. — Es wird schon dunkel —
sie stehen uns dicht auf dem Leibe, — glaubst Du, daß sie
zur Nacht einen Sturm versuchen?

Schwalbe.

Da würden sie sich die Zähne ausbeißen. Nein, gnädiger
Herr, aber was Andres werden sie thun.

Dietrich.

Was?

Schwalbe.

Schießen werden sie —

Dietrich.

Schießen —

Schwalbe.
Seht Ihr nicht die große Donnerbüchse da drüben?

Dietrich (düster hinausblickend).
Ja, ich seh's — ich seh's.
Ha — wie es dasteht auf den plumpen Tatzen,
Bis an den Bauch ins Erdreich eingewühlt,
Das ganze Ding nur Bauch und Schlund und Maul,
Ein Schwein, das Unrath schlingt, um Mord zu spei'n!
Nichts Edles dran. Nein, das ist keine Waffe!
Das ist nicht Kampf mehr! Kampf war Männer=Handwerk
Und Muth entschied — jetzt wird der Kampf gemein,
Und feige Schlauheit lacht des dummen Muthes.
Tod war ein Held, frei wandelnd im Gefilde,
Jetzt ist's ein Mörder, lauernd im Versteck!
Du also bist das Sinnbild dieser neuen Zeit,
Vor der sich Quitzow beugen soll?
Unfläth'ger Stoff, Du brüllende Maschine,
Sprachrohr des Hasses, den die dumpfe Masse
Dem ritterlichen Mann ins Antlitz wirft!
Ich hasse Dich! Aus allen Seelen=Tiefen
Verachte ich die Zeit, die Dich gebar!
Und soll ich sterben, nimm zum letzten Abschied
Du meinen Fluch: Wachse, vermehre Dich
Du Ungethüm, aus Deinem schwarzen Schooße
Krieche der Mord und eine Brut von Mördern!
Das jüngste Deiner Kinder stets das schrecklichste
Und der Verschlinger seiner Vorderen!
So stampfe durch die Welt, bis daß im Menschen
Die Zeugungskraft der Menschheit Du zertreten,
Die Leidenschaft! Bis nichts mehr übrig bleibt

Als der anschläg'ge Kopf, der im Verborg'nen
Gifte ersinnt, bis Du zum Welt-Tyrannen,
Zum gräßlich seelenlosen ausgewachsen
Und bis die Menschheit, heulend Dir zu Füßen,
Ihr eigenes Geschöpf zum Tod verflucht!

Fünfter Auftritt.

Ein Knecht (kommt eilend durch die Mitte).

Knecht.

Gnädiger Herr, gnädiger Herr! Draußen am Burgwall
steht Einer und will in's Thor —

Dietrich.

Wer ist's? Habt Ihr ihn nicht erkannt?

Knecht.

Es sieht aus wie ein Mann, aber ich glaube, es is die Polnische.

Dietrich.

Barbara? Das ist nicht möglich. Aber sei's, wer es sei,
ein Einzelner kann uns nicht schaden; fort, laßt ihn ein.

(Knecht ab.)

Dietrich (geht auf und ab).

Es kann nicht sein; ich habe sie heimgeschickt, als die Acht
verkündet wurde, zu Jagello, ihrem Vater. Aber freilich, sie hat
einen Kopf, der für sich denkt und ihr Herz geht seinen eigenen Gang.

Sechster Auftritt.

Knechte (mit Fackeln, da es inzwischen dunkel geworden ist) Barbara (vom Kopf
bis zu Fuße in einen weiten Reitermantel gehüllt, kommen durch die Mitte).

Ein Knecht.

Hier ist der Fremde, gnädiger Herr.

Vierter Akt.

Barbara (wirft ben Mantel ab).

Hier ist der Fremde — Dietrich; kennst Du ihn?

Dietrich (breitet unwillkürlich die Arme aus).

Barbara, Du?

Barbara (stürzt sich in seine Arme).

Barbara hieß ich einst,
Freiheit ist heut mein Name und Errettung!
Dich tödten woll'n sie. Diese Deutschen? Dich?
Sie sollen Dich nicht tödten, Dietrich,
So lange Barbara, die Polin, lebt!

Dietrich.

Wie Dir der Athem fliegt, wie Dir das Haar
Die Stirn umflattert — sag' wie drangst Du ein,
Da rings die Burg umstellt?

Barbara.

Durch Friesack's Gassen,
Die ganz voll Kriegsvolk, schlich ich, so verkleidet;
Deutsche zu überlisten ist nicht schwer.

Dietrich.

Und kommst zu mir in dieser Todes-Stunde?
Mitten durch Schrecken und Gefahr? Ach, Weib,
Wenn Kön'ge solche Kinder zeugen,
Dann lern' ich Achtung vor den Königen!

Barbara.

Sprich nicht von Tod! Ich komme, Dich zu retten!
Mit Dir zu schwelgen tief in deutschem Blut,
Mit Dir zu jauchzen im Triumph der Rache!
Wisse, Dietrich,
Nicht über Quitzow soll er triumphiren,

Der Burggraf, dieser schaale, nüchterne!
Nicht soll's gelingen ihm, die freie Welt
In seine dumpfe Ordnung einzuserchen!
Schon über seinem Nacken hängt das Schwert!

Dietrich.

Sprich deutlich, holde Schwärmerin, sprich deutlich!
Ist's nur Dein Herz, das Du mir als Genossen
Zum Kampfe bringst?

Barbara.
Hände und Waffen bring' ich:
Zehntausend Polen sendet Dir Jagello!

Dietrich
(springt zurück.)

Ha! Wenn das wäre!

Barbara.
Dietrich, ja! Es ist!
Von Angermünde komm' ich hergeritten
Die fünfzehn Meilen, über Tag und Nacht;
Die Pommern-Herzöge sind losgebrochen,
Prenzlau und Angermünde halten sie,
Die ganze Uckermark in ihrer Hand!
Bis Liebenwalde schwärmen ihre Reiter,
Und stürmend naht, von Krakau ausgesendet,
Jagellos Feldherr Krobo, sich der Oder —
Dietrich, ein ganzes Heer voll Kraft und Grimm
Steht vor den Thoren Brandenburgs!
Alles ist da, die Wolken hangen nieder,
Noch fehlt der Blitz! Dietrich, der Feldherr fehlt!
Dietrich, die Pommern haben Dir vergessen
Jeglichen Schimpf! Jagello schickt Dir Gruß!

Dietrich, mein Held, von Krakau bis Stettin
Von Schaar zu Schaaren rollend geht ein Name,
Den sie zum Führer heischen — Kennst Du ihn?

Dietrich.

Ich kenne ihn! Ah, Freiheit, Braut und Weib!
Heut seh' ich Dir leibhaftig in's Gesicht;
In diesem Weibe bist Du mir erschienen!
Nun, Rache, überfluthe mich im Strom,
Bis daß mein Haß sich an Dir satt getrunken!
Alles, was Hohenzollern feind ist, her zu mir!
Alles, was Brandenburg verabscheut, her zu mir!
Sie machten mich zum Wolf — zu mir, Ihr Wölfe!
Ich geb' Euch Futter, daß Ihr hundert Jahre
Zu reißen haben sollt!

(Ein dröhnender Kanonenschuß rechts hinter der Scene, dessen Echo unter der Bühne
nachhallt. Der Blitz des Feuers erhellt die Bühne.)

Die Knechte.
Das hat eingeschlagen!

(Sie stürzen in Verwirrung durch die Mitte ab.)

Dietrich
(schüttelt die geballte Faust gegen das Fenster).

Ja, brüllt und tobt! Noch lauter sollt Ihr brüllen,
Wenn Eure Thürme, mit den Häuptern nickend,
Die letzte Stunde Euch verkündigen!

Siebenter Auftritt.

Die Knechte (kommen durch die Mitte zurück; die Mittelthür bleibt offen hinter ihnen).

Ein Knecht.

Gnädiger Herr! Die Kugel ist unten in den Thurm ge=
gangen und hat die Gewölbe entzwei geschlagen!

Schwalbe (reißt eine Fackel von der Wand).

Teufel, wenn das wahr ist! (Er öffnet das Gitter links, steigt links hinunter.)

Dietrich.

Laßt fallen und zerbersten, was verschlägt's?
Was schiert mich Friesack? Brandenburg ist mein!

(Er winkt die Knechte heran.)

Von Euch die Hälfte in den Stall hinaus!
Sattelt die Pferde; Ihr, die andere Hälfte,
Brandpfeile schießt nach Friesack in die Stadt.
Wir brechen aus, sobald das Feuer aufschlägt,
Mitten durch Friesack durch; noch heut zur Nacht
Sind wir in Liebenwalde, morgen Abend
In Angermünde, und am dritten Tage
Zünd' ich den heil'gen Niklaus von Berlin
Als Fackel an, bei der Mark Brandenburg
Das Leichenhemd sich näht! Fort! An das Werk!
Dir, Konrad, geb' ich Auftrag: sei bereit,
Mit meinen besten Knechten, uns voran,
In Friesack einzubrechen, wenn es brennt!

Konrad
(der bis dahin regungslos gestanden hat).

Wer giebt mir Auftrag? Wer befiehlt mir? Was?

Dietrich (verblüfft).

Was? Wer?

Konrad (tritt dicht auf ihn zu).

Ah — Ihr? Wißt, Herr, ich kann nicht Polnisch.

Dietrich.

Ist das jetzt Zeit zum Spaß?

Konrad.

Es war doch etwa
Nicht Euer Ernst, als Ihr Euch unterstandet,

Mich, einen Brandenburg'schen Edelmann,
Zum Slaven-Knecht zu dingen?
(Er wendet sich zu den Knechten, die hinter ihm herum zur Mitte hinauswollen).

Hiergeblieben!
Wo wollt Ihr hin? Ich weiß, Ihr wollt nach Friesack,
Brandpfeile schießen — der Befehl ist todt!
(Er tritt in die Mittelthür.)
Quitzow steht hier! (Zeigt auf Dietrich.)
Der dort hat sich den Namen
Nur angemaßt!

Dietrich (wie betäubt).
Wer ist das — der dort spricht?
Mein Bruder —?

Konrad.
Nicht mehr Dein Bruder, ich entsetze Dich,
Des Bruder-Namens, ich entsetze Dich
Des Namens unsrer Ahnen, ich entsetze Dich
Des Brandenburgischen, des Deutschen Namens,
Den Du entehrt, da Du ein Slave wardst!

Dietrich (greift an's Schwert).
Ha!

Barbara (stürzt sich auf Dietrich).
Im Wahnsinn spricht er! Siehst Du's nicht? Im Wahnsinn!

Dietrich.
Wahnsinn'ge bindet man!

Konrad.
Wahnsinnig war ich,
Als ich vor Brandenburg's gerechtem Grimm
Dich rettete! Wahnsinnig zweifach, dreifach,
Als ich den Gott-gesandten Hohenzollern

Um Deinetwegen hingab!
Um Deinetwegen, Du Jagello-Knecht!
(Rechts hinter der Scene ein zweiter bröhnender Kanonenschuß.)

Achter Auftritt.

Dietrich Schwalbe (kommt von links, durch das Gitter eilend, mit allen Zeichen des Entsetzens).

Schwalbe.

Da unten stehen die Todten auf! Es kommt etwas hinter mir her! (Eilt auf die rechte Seite der Bühne.)

Neunter Auftritt.

Thomas Wins (erscheint links am Gitter. Sein Haupt- und Bart-Haar ist wüst verwildert, seine Kleidung zerfetzt, Ketten hängen an seinem Leibe. Alle Anwesenden starren ihn an).

Thomas Wins (erhebt beide Arme).

Lebend'gen Leibes eingesargt im Grabe,
Hab' ich auf Dich gewartet, ew'ger Gott!
(Sinkt in die Kniee.)
Ich lebe — athme — Retter und Erlöser,
Mein Dank betet Dich an.

Zehnter Auftritt.

Ein Knecht (erscheint in der Mittelthür).

Knecht.

Gnädiger Herr! Draußen am Burgwall steht ein Abgesandter des Burggrafen mit der weißen Fahne —

Dietrich.

Was will er?

Knecht.

Ob Ihr Thomas Wins herausgeben wollt, das fragt er.

192

Dietrich (wild lachend).

Das soll gescheh'n! Er kann ihn haben! Ja!
Bestellt' er auch, wie er ihn haben will?
Lebendig oder todt! Nichts? Sagt' er nichts?
Gut — so entscheid' ich: todt! Bereite Dich
(Zu Wins.)
Zum Botengang — der Worte brauchst Du nicht.
(Er zieht das Schwert, will auf ihn losgehn.)

Konrad
(springt zwischen Dietrich und Thomas Wins).

Tödte den Mann nicht!
Sprich nicht von Mord! Blut=Fieber birgt die Stunde
Und Mord steckt an —
Die Stunde will ein Ungethüm gebären.
Steck' ein das Schwert! Das Auge Deines Stahls
Erweckt es! Fort das Schwert!
Dietrich — ich bitte Dich — ich bitte Dich —

Dietrich.

Hinweg aus meinem Weg, Du Faselhans!
Du Knecht des Hohenzollern! Schnöder Aussatz
Am Namen Quitzow — (schlägt ihn).

Konrad
(stürzt sich mit einem Schrei auf Dietrich, packt ihn).
Mörder! In den Staub!
Herunter! Herunter!
(Er zwingt Dietrich in die Kniee.)

Dietrich (sich wüthend wehrend).
Was — ist das — ?
Wer gab — dem Buben solche Riesenkräfte — ?

Konrad
(hält ihn mit eisernem Griff knieend zu Boden gedrückt).
Lern' Quitzow's Hand! Dahin die Augen — dorthin
(Zeigt auf Thomas Wins.)

Sieh diesen Ueberrest von einem Menschen
Sieh diese Knochen, die kein Fleisch bedeckt,
Die Thränen-blinden Augen, diese Stirn,
Verwüstet von Verzweiflung, Bart und Haar
Gestrüpp geworden — sieh ihn an!
Und sieh in ihm das ganze Brandenburg!
Durch Dich gewürgt, zertreten und gemordet!
Würger, Du liegst vor Deinem Vaterland!
Vor Deinem Vaterland thu' Buße! Buße!

Dietrich (reißt sich los, springt taumelnd auf).

Tod Dir für Schmach! Von allen Brandenburgern
Sollst Du der Erste meiner Rache sein! (Zieht das Schwert).

Konrad
(schleudert das Schwert, das er trägt, von sich, stürzt an die Wand links, reißt sein
erstes Schwert herab, zieht).

Stahlzunge, die für Brandenburg geschworen,
Heraus aus Deinem Rachen! Zeit ist da!

Barbara
(wirft sich mit ausgebreiteten Armen Konrad entgegen).

Euer Bruder! Es ist Euer Bruder!

Konrad (stößt sie zur Seite).

Fort, Slaven-Bastard! Gieb mir meinen Glauben
Mir wieder! Gieb mein Vaterland mir wieder!
Mein Leben und mein Lebensglück gieb wieder!

Dietrich.
Ein einz'ges geb' ich Dir: Das ist der Tod!
(Dringt auf ihn ein.)

Konrad.
Erst Du, dann ich!
(Haut ihn mit einem Streiche nieder.)

Dietrich (fällt).
Brudermörder — sei verflucht! (Stirbt.)
(Dumpfe, entsetzte Pause.)

Barbara (wirft sich auf Dietrich).

Dietrich!! — Und der Mörder lebt!

Die Knechte.

Schlagt ihn todt! Schlagt ihn todt!

(Wollen auf Konrad eindringen, der regungslos dasteht.)

Schwalbe

(tritt gebieterisch zwischen Konrad und die Knechte).

Wer hebt die Hand wider Quitzow, wo Dietrich Schwalbe lebt?

(Er tritt vor Konrad, verneigt sich). Herr Konrad von Quitzow, der Ihr jetzt Gebieter auf Burg Friesack seid — Herr Dietrich, Euer Bruder, liegt erschlagen in seinem Blut — der, welcher es gethan, ist in Eurer Hand — was befehlt Ihr, daß mit ihm geschieht?

Konrad

(löst schweigend die Riemen seines Brustpanzers, wirft den Brustpanzer fort).

Du weißt, was ihm zu geschehen hat — thu' Deines Amts.

(Er breitet beide Arme aus.)

Schwalbe

(geht an die linke Wand, nimmt das Quitzow'sche Banner [ein rother Stern in weißem Feld, ein weißer Stern in rothem Feld] herab, kommt zurück, drückt das Fahnentuch an die Lippen).

Das für die Quitzows, die da waren. (Er küßt das Fahnentuch noch einmal). Das für die Quitzows, die da sind — (er zerreißt das Fahnentuch) das für die Quitzows, die da sein werden. Konrad — Konrad — (er zieht den Dolch von der Hüfte) Konrad! (Er stößt Konrad den Dolch in die Brust).

Konrad (sinkt langsam).

Ah —

Schwalbe

(kniet hinter ihm auf ein Knie nieder, so daß Konrad's Haupt auf seinem Knie ruht).

Junker Konrad — ist das — Euer Blut?

Konrad

(legt die Hand auf Schwalbe's Haupt).

Sei ruhig — Alter — Du hast recht gethan.

(Schwalbe beugt schluchzend das Haupt nieder. Ein dritter Kanonenschuß rechts hinter der Scene, die Hinterwand des Saales fällt ein, Feuerschein bringt von hinten ein; Kriegs-Geschrei aus der Ferne.)

13*

Konrad.

Ich höre — ich höre — die Stimme Brandenburgs!
Fern her tönt sie — näher schwillt sie und wächst —
(Das stürmende Geschrei nähert sich von rechts und links.)

Konrad (sich allmählich aufrichtend).

Ihr voran schreitet ein Name —
Wandelnd den ehernen Gang —
Die Zeit geht neben seinem Schritte her —
Tausend Zungen rufen ihn —
Tausend Herzen schlagen in ihm —
(Geschrei in nächster Nähe.)

Näher und näher
Mächtig und mächtiger —

Elfter Auftritt.

Friedrich (von Rittern umgeben, erscheint in der Mittelthür).

Konrad
(breitet beide Arme nach ihm aus).

Hohenzollern!

Friedrich
(tritt rasch heran, fängt ihn in seinem Arme auf).

Konrad.
Hohenzollern!
(Sinkt nieder, stirbt.)

(Der Vorhang fällt.)

Ende.